.50

Trav

DYDI PETHAU'N GWELLA DIM!

GWENNO HYWYN

Gwasg
Gwynedd

Argraffiad Cyntaf — Tachwedd 1987

ISBN 0 86074 026 9

© Gwenno Hywyn 1987

Cedwir pob hawl. Ni ellir atgynhyrchu unrhyw ran o'r cyhoeddiad
hwn na'i gadw mewn cyfundrefn adferadwy na'i drosglwyddo mewn
unrhyw ddull na thrwy unrhyw gyfrwng electronig, electrostatig,
tâp magnetig, mecanyddol, ffotogopïo, recordio, nac fel arall,
heb ganiatâd ymlaen llaw gan y cyhoeddwyr,
Gwasg Gwynedd, Caernarfon.

Dymuna'r cyhoeddwyr gydnabod cymorth a chyfarwyddyd
Adrannau'r Cyngor Llyfrau Cymraeg a noddir
gan Gyngor Celfyddydau Cymru.

Cyhoeddwyd dan gynllun comisiynu'r Cyngor Llyfrau Cymraeg

*Cyhoeddwyd ac Argraffwyd gan
Wasg Gwynedd, Caernarfon.*

Dydd Mercher, Mehefin 23

O! mae bywyd yn boen a dydi o'n mynd ddim gwell wrth imi fynd yn hŷn. Y diwrnod ar ôl fory, mi fydda i'n bymtheg oed — chwarter ffordd drwy fy mywyd fwy neu lai — a 'tydi pethau'n gwella dim. Mi fasech yn disgwyl i Mam a Dad feddwl amdana i fel person yn hytrach na fel babi erbyn hyn — hynny ydi, pan maen nhw'n cael amser i feddwl amdana i o gwbwl rhwng ei jogio fo a'i bomiau hi! Mae'n anodd iawn eu deall nhw. Maen nhw'n rhygnu ymlaen yn ddiddiwedd fy mod i'n ddigon hen i 'gadw fy llofft yn lân', 'edrych ar ôl fy mhres', 'gwybod yn well', 'ystyried pobol eraill' a chant a mil o bethau. Ond pan ddaw hi'n fater o gael parti pen-blwydd, mae hi'n hollol wahanol, wrth gwrs.

Tracy gafodd y syniad. Roedd hi a Nerys a finnau'n eistedd ar ochor cae'r ysgol amser cinio ddoe ac rôn i'n teimlo'n ddigalon ofnadwy. Yn un peth, doedd 'na ddim golwg o Trystan Jones yn unman. A hynny ar ôl imi gymryd trafferth mawr i arwain y ddwy arall at ochor y cae criced gan drio rhoi'r argraff nad oedd fawr o wahaniaeth gen i lle'r oedden ni'n mynd. Fedrwn i ddim dweud wrthyn nhw, wrth gwrs — mi fasai Tracy'n ddychrynllyd o flin efo fi. Mae hi'n meddwl ei bod hi wedi fy mherswadio fi'r wythnos ddiwetha mai peth gwirion ydi bod mewn cariad efo Trystan, ac mae'n rhaid imi gyfaddef imi gael sioc pan welais i o'n gorwedd fel rhyw sardîn bach pinc ar y traeth y diwrnod o'r blaen.

Doedd o ddim yn edrych hanner mor ddeniadol heb ei ddillad – a taswn i'n ei briodi fo, mae'n debyg y basai'n rhaid imi ei weld o felly weithiau. Ond er fy mod i'n gweld pwynt Tracy ac yn falch bod gen i chwaer i ddweud pethau fel'na wrtha i, mae'n anodd iawn rhoi'r gorau i fod mewn cariad efo Trystan. Rydw i'n teimlo'n flin ac yn annifyr i gyd ac mae rhaid imi ddweud fy mod i, erbyn hyn, yn gweld beth oedd yn bod ar Dad pan roddodd o'r gorau i ysmygu ddwy flynedd yn ôl. Erbyn meddwl, mae'r ddau beth yn eitha tebyg i'w gilydd. Rydw i'n meddwl y gwna i arwydd mawr i'w roi ar wal y llofft – TRYSTAN JONES CAN SERIOUSLY DAMAGE YOUR HEALTH!

Beth bynnag, nid bod mewn cariad oedd yr unig beth oedd yn fy mhoeni fi. Mae'r arholiadau'n dechrau ddydd Gwener – ar ddiwrnod fy mhen-blwydd i o bob diwrnod dan haul! Ac fel tasai hynny ddim yn ddigon, Cymraeg ydi'r arholiad cynta ac, er bod Parri bach yn eitha clên efo fi ar hyn o bryd, rydw i'n gwybod na cha i fawr o hwyl ar y papur.

'Gofyn i dy fam gael gair efo fo. Mi gei di gant allan o gant wedyn!' meddai Nerys. Pryfocio roedd hi, wrth gwrs, ond rydw i'n sensitif braidd ar y pwnc ac rôn i'n falch o gael winc fawr gan Tracy. Mae hi'n meddwl y byd o Mam am ddarllen y *Guardian* a'i hachub hi o'r cartre plant amddifad yn Llundain ac mae hi'n gwybod, fel finnau, na fu dim byd erioed rhwng Mam a Parri bach. Mi ddeudodd Mam ei hun hynny wrthon ni ar ôl dod yn ôl o'r byncar niwclear y noson o'r blaen.

Fedrwn i ddim codi fy nghalon chwaith er fy mod i wrth fy modd bod Tracy a finnau'n gymaint o ffrindiau.

'Mi ga i ben-blwydd hapus ar y diân yn ateb cwestiynau Parri bach!' meddwn i a dyna pryd cafodd Tracy'r syniad.

'Ma' rhaid iti ga'l parti!' meddai hi'n sydyn. 'Gwrando, Del, gwêd ti wrth dy fam a dy dad am fynd mâs nos Wener a gallwn ni ga'l parti yn y tŷ. Deg neu ddouddeg o ferched — a bechgyn wrth gwrs. Fe anghofi di'r cyfan am Parri bach a'r Trystan Jones 'na wedi 'ny.'

'Ew! Syniad grêt!' meddai Nerys yn syth. 'Mi ddaw pawb o'n dosbarth ni ac mae'n siŵr y daw 'na rai o'r pumed hefyd. Na, paid â sbio fel'na, Del,' meddai hi wedyn. 'Waeth i chdi heb â gwadd Trystan Jones. Does gynno fo ddim mymryn o ddiddordeb mewn hogan fach fel chdi.'

Sôn am ffrind! Mae'n ddigon drwg bod Mam a Dad yn fy nhrin i fel plentyn ysgol gynradd. Dyna wnaethon nhw'r pnawn 'ma pan godais i ddigon o blwc i ofyn am y parti. A dweud y gwir, rôn i'n meddwl fy mod i wedi pigo amser da i godi'r mater. Torheulo yn yr ardd roedden ni — neu o leiaf roedd Mam, Tracy a finnau'n torheulo — rhwbio rhyw stwff tebyg i frilcrîm ar ei goesau roedd Dad. Mae hynny, mae'n debyg, yn ei gwneud hi'n haws i'r chwys redeg i lawr ac yn beth angenrheidiol i rywun fel Dad sy'n mynd i jogio ar bnawn chwilboeth pan mae pawb call yn diogi. Roedd Mam yn gorwedd ar ei bol yn darllen rhyw lyfr o'r enw *50 Methods of Passive Resistance*. A dweud y gwir, roedd clawr y llyfr yn ddigon tebyg i'r pethau mae Parri bach yn eu darllen dan y ddesg — lluniau o bobol yn gorwedd ar lawr a phethau felly — ond bod gan y bobol yn llyfr Mam ddillad amdanyn nhw. Prun bynnag, roedd Mam mewn tymer ardderchog. Wnaeth hi ddim byd ond gwenu pan roddodd Dad smotyn o'r jeli brilcrîm ar ei chefn hi. Mae'r ddau wedi bod fel plant bach yn chwerthin ac yn sgwrsio drwy'r wythnos yma. Mae'n rhaid bod y sgwrs ddiwetha yn un waeth nag arfer!

Gan eu bod nhw mor glên efo'i gilydd, mi fentrais i sôn am y parti. Ches i fawr o groeso.

'Dim ar unrhyw gyfri. Rydach chi'n rhy ifanc o lawer,' meddai Mam gan godi'i phen am bum eiliad cyfan o'i llyfr. Ac mi wnaeth Dad ei gyfraniad ysgytwol arferol i'r ddadl.

'Mae dy fam yn iawn,' meddai fo cyn diflannu drwy'r giât am jog.

Mi gododd Mam ei phen wedyn ymhen tipyn. Roedd hi'n amlwg wedi cofio'i bod hi'n trio bod yn fam fodern, yn rhoi rheswm dros bob penderfyniad.

'Rydw i'n dy drystio *di*, Delyth,' meddai hi, 'a Tracy hefyd, wrth gwrs. Ond mae'n rhaid i chi gofio bod 'na rai fasai'n manteisio. Yn enwedig hogiau!'

Roedd 'na ryw olwg feddylgar yn ei llygaid hi ac mi godais i'n ddigon handi ac amneidio ar Tracy i'm dilyn i i'r tŷ. Dôn i ddim isio darlith arall ar 'y ffeithiau'!

Dydd Gwener, Mehefin 25

Wel, rydw i'n bymtheg oed o'r diwedd — nid fy mod i'n teimlo ddim gwahanol i arfer. Dydw i ddim yn edrych yn wahanol chwaith, mae'n amlwg. Mi ges i fagiad o *make-up* yn anrheg gan Tracy y bore 'ma ac mi fentrais i ddefnyddio tipyn ohono fo yn lle chwech yr ysgol amser cinio. Roedd Tracy a Nerys wedi mynd i chwarae tenis a doedd gen i ddim byd i'w wneud. Dôn i ddim yn medru gweld yn dda iawn — mae'r drych yn uchel ar y wal fel tasai fo wedi'i fwriadu ar gyfer jiraff — ond rôn i'n meddwl fy mod i wedi cael eitha hwyl arni a 'mod i'n edrych yn aeddfed a soffistigedig. Mi es i sefyllian wrth ddrws y chweched dosbarth ond ddeudodd Trystan Jones ddim bw na be wrtha i pan aeth o i mewn i'r stafell ar ei ffordd o'r cantîn. A doedd gen i fawr o amynedd aros iddo fo ddod allan. Wedi'r cwbwl, mae rhywun yn blino cael ei siomi o hyd ac o hyd. Ches i ddim dewis beth bynnag. Mi ddaeth Hanna Meri heibio yn edrych yn ffantastig mewn trowsus bach gwyn a'i choesau hi'n frown, frown.

'Ewch allan i'r haul wir, Delyth,' meddai hi'n ddigon blin. Dydi hi ddim yn or-hoff ohonof i gan nad ydw i'n disgleirio yn Ymarfer Corff. 'A golchwch eich wyneb cyn mynd!' meddai hi dros ei hysgwydd wrth hanner jogio i lawr y coridor. 'Edrych yn naturiol ydi'r *in-thing* yr haf yma 'chi!'

Mae'n iawn arni hi. Mae hi'n edrych yn ffantastig bob amser, hyd yn oed ar ôl bod yn chwarae hoci yn y glaw.

Mi es i allan i eistedd wrth y cwrt tenis efo Judith a Rhiannon a'r genod eraill. Roedd arna i angen awyr iach ar ôl yr arholiad Cymraeg. Am ffordd i dreulio diwrnod pen-blwydd! Roedd amser brecwast yn iawn. Roedd pawb yn glên efo fi ac mi ges i anrhegion — y *make-up* gan Tracy, casét newydd gan Mam a phres i brynu dillad gan Dad. Roedd 'na gerdyn oddi wrth Dylan. 'I'm chwaer' ar y blaen a 'Pen-blwydd Hapus, Hipo' y tu mewn. Roedd 'na nodyn yn dweud ei fod o'n dod adre

fory ac yn dod â ffrind efo fo. Rydw i'n edrych ymlaen at
ei weld o er na faswn i ddim isio i neb arall wybod hynny.
Mi geith o dipyn o sioc pan welith o fi. Rydw i wedi colli
pwysau er pan fu o gartre o'r blaen ac, er mai fi sy'n
dweud, dydw i ddim yn edrych yn ddrwg o gwbwl.
Siawns na wneith o roi'r gorau i weiddi 'Hipo' arna i
rŵan. Rydyn ni am fynd allan i gael cinio nos fory,
meddai Dad − fo a Mam, Tracy, Nerys a finnau a Dylan
a'i ffrind. Hei! Rydw i newydd feddwl − efallai y bydd y
ffrind yn bisyn ac efallai, gan fy mod i'n edrych mor
denau, y gwneith o syrthio mewn cariad efo fi! Mi a' i i'r
dre yn y bore i brynu dillad newydd efo'r pres ges i gan
Dad ac mi wisga i *make-up* Tracy. O! gobeithio y bydd
o'n fy lecio fi. Gobeithio y bydd gynno fo fwy o chwaeth
na hogiau'r ardal yma! Well imi gysgu rŵan, rhag imi fod
â chleisiau dan fy llygaid.

Dydd Sadwrn, Mehefin 26

Mae hi'n hwyr iawn, iawn. A dweud y gwir, mae hi'n
fore fory ond mae rhaid imi sgwennu pwt cyn mynd i
gysgu. O boi, am ddiwrnod! Mi godais i'n gynnar i olchi
fy ngwallt ac wedyn mi aeth Nerys, Tracy a finnau i'r dre
i brynu dillad. Mi ddewisodd Tracy siwt hedfan wen ond
mi gymerais i drowsus melyn a chrys hir yr un lliw i
wisgo drosto fo − mae fy mhen-ôl i dipyn bach yn nobl o
hyd. Chafodd Nerys ddim byd. Dim pres, meddai hi −
mae ei thad hi'n gorffen yn y ffatri ddiwedd yr wythnos
yma a fydd ganddo fo ddim gwaith wedyn. Doedd hi
ddim mor flin ag y baswn i'n disgwyl iddi hi fod chwaith.

Fel arfer, mae hi'n rêl crimpan pan fydda i'n cael dillad newydd: mae'n debyg ei bod hi'n meddwl ei bod hi'n iawn imi gael anrheg pen-blwydd ac mae hi'n trio dangos ei hochor orau i Tracy bob amser.

Prun bynnag, mi ddaethon ni adre o'r dre ac mi es i i'r bath a gwisgo'r dillad newydd. Roedd hi'n boeth iawn ac, a dweud y gwir, mi faswn i wedi lecio gwisgo bicini fel Tracy ond dôn i ddim isio i ffrind Dylan weld fy mhen-ôl i cyn iddo fo ddod i'm 'nabod i'n iawn. Mi eisteddais i yng nghysgod y rodedendron gan obeithio fy mod i'n edrych yn welw ac yn ddiddorol ac mi es i â'r copi o'r Mabinogi ges i'n anrheg Dolig i'w ddal ar fy nglin. Fedrwn i wneud na phen na chynffon ohono fo, a dweud y gwir, ond rôn i'n meddwl y basai hogyn o'r coleg yn siŵr o werthfawrogi brêns yn ogystal â chorff deniadol.

Wel, ymhen hir a hwyr, mi ddaeth Dylan yn ei hen gar blêr a phwy oedd efo fo ond hogan! Andros o bisyn efo gwallt coch cyrliog. Mi fedrais i guddio fy siom a mynd i'w croesawu nhw a dyna pryd ces i'r ail sioc. Saesnes oedd hi! Saesnes o'r enw Rosemary! Roedd Dylan, yn amlwg, wedi gwirioni arni hi ac yn methu'n lân â chadw'i ddwylo iddo fo'i hun ac roedd Mam a Dad yn baglu dros ei gilydd yn trio bod yn trendi a dangos mor ifanc a modern ydyn nhw. Mae'n rhaid imi gyfaddef bod yr hogan yn ddigon clên er fy mod i bob amser dipyn bach, bach yn genfigennus pan fydd gan Dylan gariad. Mi fasai pethau wedi mynd yn iawn oni bai am Tracy. Dydi fy Saesneg i ddim yn rhyw ecstra ac rôn i'n ei theimlo hi'n dipyn o straen ond mi wrthododd Tracy drio. Mi styfnigodd fel mul a ddeudodd hi ddim gair wrth yr hogan drwy'r pnawn a'r gyda'r nos, dim ond mwmial,

'Helô' dan ei gwynt pan gyflwynodd Dylan hi inni.

Mi driais i ddal pen rheswm efo hi pan ddaethon ni i fyny i'r llofft i newid ar gyfer mynd allan heno.

'Be sy'n bod arnat ti?' meddwn i. 'Paid â deud na fedri di ddim siarad Saesneg a chditha wedi dy fagu yn Llundain.'

'Yn gwmws!' meddai hithau. 'Taet ti wedi gwario cyment o amser 'da'r jawled, fyddet tithe ddim yn eu hoffi nhw chwaith! A pham ddylen ni i gyd siarad Saesneg? Un yw hi, ma' pedwar ohonon ni.'

Efallai bod gynni hi bwynt yn fan'na. Wnes i 'rioed feddwl am y peth o'r blaen. Mae'n rhaid ei bod hi wedi dylanwadu ar Nerys achos ddeudodd honno ddim gair o'i phen drwy'r gyda'r nos yn y gwesty.

'Mae Tracy'n iawn,' meddai hi wrtha i pan aethon ni'n dwy i'r lle chwech. 'Sdim isio cowtowio i'r mwncis. Arnyn nhw mae'r bai bod Dad yn colli'i waith.' Mae Nerys wedi mynd yn od iawn yn ddiweddar er, erbyn meddwl, efallai bod 'na reswm arall pam ei bod hi'n flin efo Rosemary. Rydw i'n amau ers talwm ei bod hi'n ffansïo Dylan.

Noson ofnadwy oedd hi ond mi ddaeth i ben, diolch byth. Well imi drio cysgu rŵan – a thrio fydd hi mae arna i ofn. Rydw i ar fatres ar lawr yn llofft Tracy gan fod Rosemary wedi cael fy ngwely i. Roedd Tracy a finnau'n trafod cyn iddi hi fynd i gysgu ac rydyn ni'n dwy'n meddwl bod Dylan wedi bwriadu i Rosemary rannu'i lofft o. Maen nhw'n gwneud pethau fel'na mewn colegau, meddai Tracy. Ond dydi Mam a Dad ddim mor fodern ag y maen nhw'n smalio bod.

''Na fe, ti'n gweld,' meddai Tracy cyn syrthio i gysgu,

'ma'r Saeson 'ma'n cymryd popeth drosodd os cân nhw hanner cyfle. Jawled ŷn nhw!'

Dydd Gwener, Gorffennaf 2

Ches i ddim amser i sgwennu yn y dyddiadur o gwbwl yr wythnos yma gan fod yr arholiadau. Mae'n gas gen i stydio ac rydw i'n gwneud cyn lleied â phosib. Ond roedd rhaid i mi, hyd yn oed, roi fy mhen i lawr a dygnu arni y dyddiau diwetha 'ma. Am wythnos ddiflas! Roedd hi'n boeth bob dydd a'r gyda'r nosau'n braf. Mi faswn wedi rhoi unrhyw beth am gael eistedd yn yr ardd neu fynd am jog hyd yn oed, ond roedd Mam a Dad yn fy mhen i bob munud.

'Mae ar bob merch angen addysg y dyddiau yma,' meddai Mam, 'er mwyn medru bod yn annibynnol.' Mae bod yn annibynnol yn beth mawr ganddi hi er na fasai hi'n byw'n hir ar hynny o waith mae hi'n ei wneud. Mae hi'n cwyno o hyd nad ydi hi'n cael fawr o dâl am y dosbarth dawns mae hi'n ei gynnal yn y Ganolfan Hamdden. Dad sy'n cynnal y teulu yma er na fasai neb byth yn meddwl hynny. 'Mae dy fam yn iawn,' oedd ei unig gyfraniad o eto'r wythnos yma. Mi fentrais i sôn wrth Mam, pan oedd hi'n cario ymlaen yn waeth nag arfer, ei bod hi'n *kept woman* os bu un erioed ac os oedd hynny'n ddigon da iddi hi y basai fo'n ddigon da i mi. Mi edrychodd hi'n reit ddifrifol arna i.

'Gwranda, 'nghariad i,' meddai hi, 'mae'r oes wedi newid. Mae hi'n amser cyffrous iawn i fod yn hogan ifanc rŵan.'

Wela i ddim yn gyffrous ynddo fo. Rydyn ni wedi cael rhai o'r canlyniadau erbyn hyn a chan nad ydw i wedi gwneud yn arbennig o sbesial mi ges i fy ngalw i lawr grisiau ar ôl i Tracy fynd i'w gwely am 'sgwrs' — yr un math o 'sgwrs' ag arfer — Mam yn siarad, Dad yn amenio a minnau'n trio edrych fel taswn i'n gwrando.

'Mae hi'n flwyddyn bwysig iawn i chdi y flwyddyn nesa 'ma,' meddai Mam. 'Yn flwyddyn all lunio dy ddyfodol di. Ac mae gen ti gyfrifoldeb, Delyth. Rwyt ti wedi cael cyfle ac mae 'na filiynau a miliynau o bobol ifanc yn y byd fasai'n falch iawn o gael y cyfle rwyt ti wedi'i gael.' Ac ymlaen ac ymlaen â hi am oriau nes roedd Dad hyd yn oed wedi blino gwrando. Roedd o'n dawnsio i fyny ac i lawr yn ei unfan fel chwaraewr tenis yn aros am *serve* a phan gymerodd Mam wynt — roedd hi wedi gorffen efo'r gorthrwm yn Affrica ac ar fin dechrau ar Dde America — mi ddeudodd ei fod o'n mynd allan i wneud *press-ups* ar y lawnt. Mi addewais innau y baswn i'n trio'n galetach y flwyddyn nesa ac mi ges ddod i fyny i'r gwely.

Wn i ddim pam maen nhw'n pigo cymaint arna i. Wnaeth Tracy ddim yn dda o gwbwl chwaith. Pymtheg gafodd hi yn yr arholiad Cymraeg.

'Parri bach ddim yn dallt iaith y Sowth mae'n rhaid,' meddai Nerys. 'Fuo'r sglyfaeth 'rioed ddim pellach na Chorris. Mi fedri di ddeud hynny wrth y ffordd mae o'n gwisgo!'

Mae Mam yn meddwl bod Tracy'n cael cam am na chafodd hi erioed wers Gymraeg cyn dod i'n hysgol ni. Mae hi am ofyn i Parri bach wneith o roi gwersi preifat iddi hi y tymor nesa. Dydw i ddim yn siŵr ydi hynny'n beth doeth. Mae pawb yn gwybod mai hen fochyn budur ydi Parri bach a leciwn *i* ddim bod ar fy mhen fy hun efo fo.

Wn i ddim beth ddeudith Dad pan glywith o chwaith. Mi fydd o'n flin fel cacwn, mae'n siŵr, ac mi ddechreuith y ddau ffraeo eto. O! mi leciwn i tasai Dylan yma! Ches i fawr o sgwrs efo fo dros y Sul − roedd o'n rhy brysur yn gwneud llygaid bach ar y Rosemary 'na. A rŵan mae'r ddau ohonyn nhw wedi mynd i dreulio tri mis yn teithio drwy America. Braf ar rai! Mi leciwn i gael mynd i ffwrdd i rywle a chael fy mwynhau fy hun heb neb yn swnian arna i. Mae fy mywyd i'n ddiflas, ddiflas, ddiflas.

Dydd Sul, Gorffennaf 4

Mae hi'n dal yn dywydd braf ond mae gen i gur yn fy mhen ac mae fy nghefn i'n llosgi ar ôl gorwedd ar y traeth drwy'r dydd. Rydw i wedi dod i'r gwely'n gynnar ac wedi cau'r drws yn dynn a thyrchu dan y cwilt i sgwennu ond fedra i ddim peidio â chlywed sŵn peiriant casetiau Tracy yn y llofft drws nesa. Taswn *i*'n gwneud y ffasiwn sŵn mi fasai Mam a Dad yn tafodi'n syth ond mi geith honna wneud fel fynno hi. Rydw i'n meddwl bod ganddyn nhw ofn iddi hi gwyno wrth y gweithiwr cymdeithasol sy'n dod yma i'w gweld hi ddydd Gwener. Fasai dim ots gen i tasai'r ddynes yn mynd â hi'n ôl i Lundain. Wnaeth hi ddim byd ond codi cywilydd arna i drwy'r dydd heddiw ar y traeth. Roedd hi a Nerys cyn waethed â'i gilydd − y ddwy'n paredio'n ôl ac ymlaen i drio tynnu sylw criw o hogiau'r dre. Mi dynnodd un ohonyn nhw Tracy i mewn i'r môr ac yn lle rhoi peltan iawn iddo fo fel y baswn i wedi'i wneud, waeth beth ddywed Mam, mi chwarddodd hi dros y lle fel *hyena* yn y sw a dechrau cicio dŵr yn ôl ato fo. Wedyn, mi driodd hi ddynwared rhyw Saesnes dew oedd ag ofn gwlychu'i thraed ac yn sgrechian bod y dŵr yn oer. Mae Tracy'n un dda am ddynwared ac roedd Nerys a'r hogiau'n syrthio ar draws ei gilydd yn chwerthin. Doedd gen i ddim amynedd. Heb fod ymhell oddi wrtha i roedd Trystan Jones yn gorwedd yng nghesail Marged Hughes ac yn ei llyfu hi bob munud er bod honno'n edrych mor anferth ag erioed. Roedd ei braich hi bron cyn lleted â phen Trystan − does ryfedd ei bod hi'n gapten y tîm hoci. A dweud y gwir, roedden nhw'n edrych yn ddoniol. Roedd ei gefn o'n clasio'n ofnadwy efo'r blodau coch ar ei siwt nofio hi a phan es i heibio iddyn nhw ar fy ffordd at y fan hufen iâ mi sylwais i bod stribedi o groen yn hongian ar ei gefn o a swigod gwyn hyll ar ei ysgwyddau. Roedd o'n ddigon i droi stumog rhywun ac, erbyn meddwl, dydi fy mol i ddim yn teimlo'n arbennig o dda heno. Mi fwytais i bedwar Cornetto ar y traeth ac mi fûm i bron â thagu ar y dorth gnau roedd Mam wedi'i pharatoi i swper. Mae hi'n mynd i drafferth mawr i baratoi bwyd inni y dyddiau yma rhag ofn i'r ddynes 'gymdeithasol' holi Tracy. Ych â fi! Rydw i'n teimlo'n llawn ac yn dew ac yn chwys domen dan y cwilt 'ma. Mi fydd rhaid imi fy llwgu fy hun fory.

Dydd Llun, Gorffennaf 5

O'r nefoedd! Mae 'na awyrgylch ofnadwy yn y tŷ 'ma, neu yn yr ardd a bod yn fanwl. Mae Mam a Dad wrthi'n cael 'sgwrs'. Maen nhw wedi mynd i ben draw'r ardd y tu ôl i'r rodedendrons — maen nhw'n meddwl eu bod nhw'n ddigon pell o'r tŷ ac na wneith Tracy ddim clywed ac ypsetio cyn i'r gweithiwr cymdeithasol ddod. Ond rydw i'n siŵr bod pawb o fewn deng milltir yn eu clywed nhw. Mae'n lwcus nad oes gynnon ni ddim cymdogion.

Mi ddaeth Tracy i'm llofft i am sbel ac rôn i'n falch o'i chwmni hi er ei bod hi'n mynd ar fy nerfau i'n ddiweddar. Mae hi'n gwybod fy mod i'n poeni pan mae Mam a Dad yn ffraeo ac fel arfer mae hi'n llwyddo i godi fy nghalon i. Ond y tro yma mae hi'n poeni'n waeth na fi. Mae hi'n meddwl mai hi ydi achos y ffrae. Mae'n debyg ei bod hi wedi clywed Mam yn sôn wrth Dad ei bod hi'n meddwl trefnu gwersi preifat iddi hi efo Parri bach ac am fynd i'w weld o nos fory. Mi aeth wyneb Dad yn biws, biws, meddai Tracy. Mi driodd o ddal ei wynt am dipyn ac yna mi ffrwydrodd. Maen nhw wrthi o hyd. Rydw i'n eu clywed nhw er fy mod i wedi cau'r ffenest. Mae isio gras. Maen nhw wedi bod fel mêl efo'i gilydd ers rhyw bythefnos ond mi fydd hi'n 'aeaf niwclear' yn y tŷ 'ma am sbelan rŵan.

Dydd Mawrth, Gorffennaf 6

Dydi pethau ddim cyn waethed ag rôn i'n ofni. Roedd Mam a Dad yn ddigon clên heddiw ond eu bod nhw'n rhyw droedio'n ofalus rownd ei gilydd fel dau gi sy ddim yn siŵr ydyn nhw am gwffio ai peidio. Wrth gwrs, mi gafodd y ddau 'sgwrs' efo fi'r bore 'ma − fel'na maen nhw ar ôl pob ffrae, y ddau isio rhoi ei ochor o o'r stori i mi. Y peth cynta welais i pan ddeffrais i oedd Dad yn eistedd ar ochor y gwely, yn chwys ac yn laddar i gyd ar ôl bod am jog.

'Rydan ni'n dallt ein gilydd yn y bôn, 'sti Del,' meddai fo, a'r un peth ddeudodd Mam pan ddaeth hi i'r stafell molchi ar fy ôl i. Mi ofynnais i i Tracy oedden nhw wedi cael 'sgwrs' efo hi ond doedden nhw ddim. Mae'n siŵr nad oedden nhw ddim am ei styrbio hi.

Roedd Mam yn llawn hwyl pan ddaethon ni adre amser te ac mi roddodd ei llyfr i lawr a chwerthin yn iawn pan ddeudais i hanes Tracy a Nerys yn rhoi pupur yn y *butter-cream* roedd Cadi Cwc wrthi'n ei baratoi ar gyfer rhyw deisennau roedd hi'n eu gwneud yn y wers goginio. A dweud y gwir, i mi mae'r diolch eu bod nhw wedi cael cyfle. Rhoi ei phowlen i lawr i ddod i ddweud wrtha i sut i frwsio'r llawr wnaeth Cadi. Roedd hi wedi'n rhoi ni i gyd ar waith i lanhau'r stafell goginio tra'i bod hi'n cael llonydd i wneud ei chwcio preifat. Mi ddigwyddodd godi'i llygaid o'i phowlen a'm gweld i wrthi efo'r brwsh.

'Sgubwch y baw o'ch blaen, nid ei dynnu o ar eich ôl, Delyth Davies,' meddai hi yn ei ffordd bigog arferol ac mi gododd i ddangos y dull 'iawn' o frwsio llawr. Dyna pryd y rhoddodd Tracy joch go dda o'r pupur yn yr hufen ac mi gurodd Nerys o i mewn rhag iddo fo ddangos.

'Da iawn nhw!' meddai Mam pan glywodd hi'r hanes. 'Gobeithio daw o â dŵr i'w llygaid hi. Chollodd Catrin

Morris ddim deigryn dros neb arall erioed.'

Rôn i'n meddwl ei bod hi am ddechrau pregethu ond wnaeth hi ddim, dim ond chwerthin eto. 'Mi awn ni draw i weld Aneurin Parri ar ôl swper,' meddai hi wrth Tracy, 'i weld fedrith o roi gwersi preifat iti.'

Dyna lle maen nhw wedi bod rŵan. Rydw i newydd eu clywed nhw'n dod yn ôl. Mi ro i'r gorau i sgwennu, rydw i'n meddwl, a mynd i lawr i gael paned efo nhw.

* * *

Wel, am syrcas! Roedd Mam a Tracy mewn sterics pan es i i lawr i'r gegin gynnau. Mae'n debyg bod Cadi Cwc wedi galw yn nhŷ Parri bach pan oedden nhw yno. Roedd y mwnci wedi cytuno'n syth i roi gwersi i Tracy o ddechrau'r tymor nesa ymlaen, ac roedd o a Mam wedi dechrau trafod beth i'w wneud ynglŷn â'r byncar niwclear sydd gan y Cyngor Sir pan ddaeth cnoc ar y drws a phwy oedd yno ond Cadi Cwc! Mi aeth ei hwyneb hi'n biws ac yn flin pan welodd hi Mam a Tracy — dydyn nhw ddim yn ormod o ffrindiau — ac mi wrthododd fynd i mewn.

'Dim ond galw efo'r rhain i chi, Aneurin,' meddai hi. 'Mae gen i ormod o lawer i mi fy hun.' Ac mi stwffiodd dun i'w law o a bagio i lawr y llwybr.

Mi agorodd Parri bach y tun ac mi fu bron i Tracy gael ffit. Beth oedd ynddo fo ond teisennau bach yn llawn o *butter-cream.*

'Mae Catrin yn garedig iawn yn edrych ar ôl hen lanc,' meddai Parri bach efo'i hen wên gam. 'Mae hi'n dod â theisennau imi bob wythnos ac maen nhw'n flasus iawn bob amser. Arhoswch i gael paned efo fi ac mi gawn ni un bob un.'

Mi edrychodd Tracy drwy gil ei llygaid ar Mam. Roedd arni ofn am ei bywyd iddi ddweud rhywbeth, meddai hi. Ond roedd 'na wên fach yn chwarae o gwmpas ei gwefusau hi ac mi gododd a dweud bod rhaid iddyn nhw ddod adre gan fy mod i ar fy mhen fy hun — fel tasai hynny'n beth newydd!

Beth bynnag, roedd hi'n ei lladd ei hun yn chwerthin ar ôl cyrraedd y tŷ.

'Dydi Aneurin yn haeddu dim gwell!' meddai hi. 'Os ydi o isio teisennau, mi ddylai eu gwneud nhw ei hun yn lle disgwyl i ferch dendio arno fo.'

'Ma' dy fam yn cytuno 'da ni bod Parri bach yn pathetig,' meddai Tracy pan es i i'w llofft hi am sgwrs cyn dod i'r gwely. 'Meddylia amdanaf i'n gorfod mynd ato fe bob wythnos! Bydd rhaid i ti ddod 'da fi!'

Mi sleifiais i i lawr y grisiau wedyn i ffonio Nerys i ddweud yr hanes.

'Fasa gwersi preifat yn gwneud dim drwg i chdi,' meddai hithau. 'Wnest ti ddim mor briliant â hynny yn yr arholiad.'

Mae'n iawn arni hi. Mae hi wedi cael marciau da ym mhob dim. Roedd hi wrth ei bodd pan ddeudais i am y teisennau.

''Tydi o'n sglyfaeth budur,' meddai hi. 'Fedar o ddim gadael llonydd i hen wraig fel Cadi Cwc hyd yn oed. Mae'r ddau'n siwtio'i gilydd i'r dim. Mi fasa fo wrth ei fodd yn rhoi bynsan yn ei phopty hi!'

Mae Nerys wedi mynd yn goman iawn yn ddiweddar.

Mae'n siŵr mai dylanwad ei hen frawd hyll hi, Gareth, ydi o.

Dydd Iau, Gorffennaf 8

Pwt bach cyn mynd i gysgu. Rydw i wedi blino — wedi gorfod treulio'r gyda'r nos yn tacluso'r tŷ am fod y ddynes 'gymdeithasol' yn dod fory. Wnaethon ni ddim hanner cymaint o ffŷs â'r tro diwetha — dim glanhau y tu ôl i bethau na dim, dim ond stwffio'r llanast o'r golwg a gwneud i'r lle edrych yn weddol daclus. Mae Dad wedi mynd yn groes i'w egwyddorion i gyd ac wedi prynu paced o ffags i'r ddynes — roedd hi'n smocio fel stemar y tro diwetha roedd hi yma. Mae'n rhaid ei fod o isio'i phlesio hi. Gobeithio y bydd popeth yn iawn. Mi fasai'n rhyfedd iawn yn y lle 'ma heb Tracy er ei bod hi'n boen weithiau.

Dydd Gwener, Gorffennaf 9

Haleliwia! Mae popeth yn iawn. Roedd y ddynes 'gymdeithasol' yn blês iawn efo Tracy ac efo ninnau. Mi gyrhaeddodd hi tua hanner awr wedi pedwar ac mi ddaeth Dad adre tua'r un pryd. Yn lle newid yn syth i'w drowsus bach, fel mae o'n arfer ei wneud, mi gadwodd ei siwt amdano. Mae o'n meddwl ei fod o'n edrych yn bwysig ac yn gyfrifol fel'na ac, a dweud y gwir, rôn i'n eitha balch ohono fo er ei fod o'n fflyrtio fel fflamiau efo'r ddynes. Ddeudodd Mam ddim byd wrtho fo, dim ond rhuthro i wneud paned a, taswn i'n bod yn onest, rôn i cyn waethed â'r ddau ohonyn nhw. Mi eisteddais innau'n ddel yn fy nillad ysgol a gwenu a nodio bob yn ail. Mi wnaeth Tracy ei gorau i blesio hefyd. Wnaeth hi ddim tynnu stumiau wrth siarad Saesneg efo'r ddynes ac wnaeth hi ddim gwrido o gwbwl wrth ddweud ei bod hi'n hapus yn yr ysgol a bod yr athrawon i gyd yn glên. Beth bynnag, mi aeth pethau'n iawn. Dydi'r ddynes ddim isio'n gweld ni eto tan ddiwedd mis Awst a phryd hynny, os na fydd rhywbeth mawr wedi digwydd, mi wnân nhw arwyddo papurau i Tracy gael aros efo ni. *Long-term fostering* maen nhw'n ei alw fo ond mae hynny'n golygu am byth i bob pwrpas, meddai Dad.

Rydyn ni'n mynd i dreulio diwrnod fel teulu fory, i ddathlu. Gwneud picnic a mynd am daith drwy'r dydd a chael rhywbeth mewn basged yng ngardd yr Afr Goch y tu allan i'r dre ar y ffordd adre. Mi fasai'n well gan Tracy dreulio diwrnod ar y traeth, rydw i'n gwybod, ond mae'n rhaid imi gyfaddef y bydda i'n reit falch o gael cwmni Mam a Dad drwy'r dydd. Gobeithio y byddan nhw'n glên efo'i gilydd.

Dydd Sadwrn, Gorffennaf 10

Rydw i wedi gwylltio! Rydw i'n wyllt gacwn! Mae fy ngwaed i'n berwi! Mi leciwn i fwrdro'r Gareth 'na. Mi leciwn i droi'i gorn gwddw fo. Mi leciwn i ei gau o mewn byncar efo Parri bach. Mi leciwn i ei stwffio fo i bopty Cadi Cwc. Mi aeth y diwrnod mor grêt — Mam a Dad yn anarferol o glên efo'i gilydd ac efo Tracy a finnau a phawb yn mwynhau'u hunain. Ac wedyn, heno, mi ddifethodd y mwnci Gareth y cwbwl.

Galw yn yr Afr Goch i gael swper wnaethon ni. Roedd byrddau a chadeiriau wedi'u gosod yn yr ardd a phwy oedd yn eistedd wrth un ohonyn nhw ond Nerys a'i theulu. Roedden nhw'n dathlu hefyd, medden nhw — tad Nerys wedi cael gwaith dros yr haf efo cwmni adeiladu a hynny'n syth ar ôl i'r ffatri gau. Mi aethon ni atyn nhw i eistedd ac ar y dechrau roedd popeth yn iawn. Rydw i'n mwynhau bod efo rhieni Nerys bob amser — maen nhw'n glên ofnadwy — ac roedd Mam a Dad yn gwneud ati i fod yn gwmni da. Wnaeth Mam ddim llawer o ffŷs pan ffendiodd hi nad oedd 'na ddim byd llysieuol ar y fwydlen, dim ond dweud y basai hi'n bwyta *chips* Dad. Ac roedd hynny'n ei blesio fo'n iawn, wrth gwrs. Mae *chips* yn morio mewn colesterol, meddai fo, ac roedd o'n ddigon hapus efo'i stêc. Mi fu 'na dipyn bach o straen rhwng y ddau pan dynnodd Dad sylw tad Ncrys at goesau'r hogan oedd yn cario bwyd, ond dydw i ddim yn meddwl bod neb ond fi wedi sylwi. Roedd pawb yn hapus braf nes i'r hen Gareth gwirion 'na ddechrau ar ei driciau. Sylwi arnaf fi'n helpu Mam i orffen *chips* Dad wnaeth o a dechrau dweud pethau dwl fel: 'Sbiwch arni hi! Delyth Haf Davies — pen-ôl mwya ysgol ni!' a 'Pam na wnei di ddechrau reslo, Delyth? Mi faset ti'n siŵr o ennill — dim ond eistedd ar y llall fasai raid iti!' nes rôn i'n teimlo fy wyneb yn mynd yn goch, goch. Fedrwn i mo'i ateb o'n ôl. Roedd fy ngheg i'n rhy lawn o *chips* a phrun bynnag, fedrwn i ddim meddwl am ddim byd i'w ddweud. Mi driodd Nerys achub fy ngham i, er y medrwn i weld ei bod hi'n cael gwaith peidio â chwerthin.

'Mae'n well iti ben-ôl mawr na phen mawr!' meddai hi ond wnaeth hynny mo'i stopio fo. Mi ddechreuodd gario ymlaen am Trystan Jones wedyn.

'Mae pawb yn gwybod fod hwnnw'n lecio genod mawr,' meddai fo. 'Does 'na ddim llawer o ddewis rhyngthat ti a Marged Hughes ond bod gynni hi gyhyrau. 'Tydi'i choesau hi ddim yn ysgwyd fel jeli pan mae hi'n rhedeg!'

O! rydw i'n teimlo'n ddigalon. Nid bod ots gen i am y Gareth 'na – hen lembo hurt ydi o a does gynno fo ddim mwy o frêns na llyffant, er ei fod o newydd wneud ei arholiadau allanol – beth sy'n brifo ydi fy mod i'n gwybod ei fod o'n dweud y gwir. Rydw i'n rhy dew, yn rhy dew o lawer. Wn i ddim beth sy'n bod arna i y dyddiau yma, fedra i yn fy myw stopio bwyta. Ac i beth wna i fy llwgu fy hun? Mae'n amlwg nad oes gan Trystan Jones ddim affliw o ddiddordeb ynof fi a dydi hynny ddim yn fy mhoeni i gymaint â hynny erbyn hyn. Wela i mono fo drwy'r haf beth bynnag. Mae o'n mynd i weithio i westy yn Llandudno – dyna un o'r pethau ddeudodd Gareth ac roedd o'n amlwg yn disgwyl imi feichio crio ar ôl clywed. Wnes i ddim. Rydw i'n dechrau cytuno efo Mam nad oes 'na ddim un dyn yn werth poeni ffeuen amdano fo. Does 'na neb yn yr ardal yma sy'n werth imi lwgu er ei fwyn o, beth bynnag. Rydw i'n meddwl yr a' i i lawr i'r gegin am ddesgliad o Sugar Puffs.

Dydd Mawrth, Gorffennaf 13

Un diwrnod arall yn yr ysgol ac wedyn mi gawn ni anghofio am y lle am chwe wythnos gyfan. Mae hi'n drymaidd iawn heno ac rydw i wedi bod efo cur yn fy mhen drwy'r dydd.

'Bwyta gormod wyt ti, stiwpid!' meddai Nerys pan gwynais i wrthi hi. Efallai bod ganddi hi bwynt. Rôn i wrthi'n bwyta fy ail Mars, ac a dweud y gwir dôn i'n cael fawr o flas arno fo. Roedd y siocled wedi toddi hyd fy mysedd i i gyd a'r taffi yn y canol yn glynu yn fy nannedd i. Ond doedd gen i ddim byd i'w wneud ond bwyta. Does 'na ddim byd yn digwydd yn yr ysgol ond chwaraeon diddiwedd drwy'r dydd. Eistedd ar ochor y cwrt tenis roedd Nerys a finnau'n gwylio Tracy'n chwarae − roedd Nerys newydd orffen ei gêm hi. Roedd Tracy'n neidio o gwmpas ac yn deifio am y bêl fel tasai hi yn Wimbledon a doedd gen i ddim amynedd o gwbwl i edrych ar ei chiamocs hi, yn enwedig gan fod Trystan Jones a chriw o hogiau eraill yn eistedd yr ochor arall i'r cwrt ac yn curo dwylo bob tro roedd hi'n sgorio pwynt. O! pam na fedra i stopio meddwl am Trystan? Rydw i'n gwybod yn iawn nad oes gen i ddim siawns, hyd yn oed taswn i isio siawns.

'Fasai waeth inni fod adra ddim,' meddwn i wrth Nerys.'Wn i ddim pam maen nhw'n gwneud inni ddod i'r ysgol. Mi fedren ni orwedd yn yr haul yn yr ardd yr un fath yn union, ac mi gaethen nhw sbario talu i'r athrawon. 'Tydyn nhw'n gwneud dim chwaith.'

'Mae athrawon yn cael eu talu drwy'r gwyliau, siŵr,' meddai Nerys, 'ac mae rhai ohonyn nhw'n gweithio'n galed iawn.' Mae hi'n meddwl ei bod hi'n awdurdod ar y pwnc gan fod ei mam hi'n athrawes ysgol gynradd.

'A 'tydi pawb ddim yn diogi,' meddai hi wedyn. 'Mae rhai ohonon ni'n cymryd rhan yn lle eistedd yn cwyno.' Doedd dim rhaid iddi swnio mor hunangyfiawn. Wela i ddim rhinwedd mewn taro pêl fach yn ôl ac ymlaen am oriau. Mae peryg i Nerys fynd yn debyg i Mam os na fydd hi'n ofalus. Mae honno'n cario ymlaen yn dragywydd am 'gymryd rhan' a 'gwneud pethau'ch hun' hefyd.

A dweud y gwir, dôn i ddim yn gwarafun i Nerys ei mwynhau ei hun. Wedi'r cwbwl, cheith hi fawr o gyfle i ymlacio dros yr haf. Mae hi wedi cymryd gwaith yn gweini yn y caffi sydd ar lan y môr ac mae hi am aros efo'i modryb a'i hewythr sy'n byw ar fferm wrth ymyl y traeth. Roedd rhaid iddi hi gael gwaith, meddai hi, i ennill tipyn o bres achos dim ond gwaith dros – dro mae ei thad hi wedi'i gael. Chwarae teg iddi hi am drio helpu, ddeuda i – does 'na ddim sôn bod yr hen Gareth gwirion 'na am drio cael gwaith yn unman. Mae hwnnw mor ddiog ag ydi o o stiwpid.

Wela i fawr ar Nerys drwy'r haf ond, o leia, mi fydd gen i Tracy'n gwmni. Ac mi ga i beidio â mynd i'r ysgol ac mi fydd hynny'n fendith fawr. Mi fasai'n dda gen i tasai fy mhen i ddim yn brifo cymaint.

Dydd Mercher, Gorffennaf 14

Diwrnod ola'r tymor ac, wrth gwrs, mae hi'n tresio bwrw a rydw i ar fy mhen fy hun yn y tŷ. Mae Mam wedi mynd i ryw bwyllgor neu'i gilydd ac mae Dad wedi mynd i chwarae sboncen i'r Ganolfan Hamdden. Mae o'n poeni'i fod o wedi eistedd o gwmpas yn ystod y tywydd poeth a bod colesterol yn hel rownd ei galon o neu rywbeth.

Dydi Tracy ddim yma chwaith. Mi aeth hi i'r pictiwrs yn y dre efo Nerys ond doedd gen i ddim awydd mynd efo nhw. Mi drion nhw fy mherswadio fi, chwarae teg.

'Tyrd yn dy flaen! Mi fydd hi'n dywyll yn y pictiwrs. Welith neb dy ben-ôl di!' meddai Nerys. Ac er na wnes i gyfaddef, roedd hi wedi dyfalu'r rheswm yn iawn. Rydw i'n teimlo'n rhy hyll i fynd i unman. Mae fy ngwallt i fel cynffonnau llygod mawr ac mae fy nillad i i gyd yn dynn. Mi ddylwn i wneud rhywbeth ynglŷn â'r peth, mae'n debyg, ond beth ydi'r pwynt? O! mae bywyd yn ddiflas!

Dydd Llun, Gorffennaf 19

Newyddion ffantastig! Mi ddaeth Dad adre o'r gwaith heno a dweud gan fod y tywydd mor ddiflas yma y basai'n syniad da inni fynd i chwilio am yr haul. Mae ganddo fo wyliau ymhen pythefnos ac rydyn ni'n pedwar am fynd i wersylla i Lydaw. Roedd Tracy a finnau ar ben ein digon pan glywson ni. Does yr un ohonon ni wedi bod dros y môr o'r blaen ac mae'n grêt cael rhywbeth i edrych ymlaen ato fo. Mi gawson ni benwythnos anhygoel o ddiflas yn eistedd yn y tŷ yn edrych drwy'r ffenest ar y glaw.

Mi sobrais i drwof, wrth gwrs, pan ddois i i fyny'r grisiau ac edrych arnaf fy hun yn y drych. Rydw i wedi f'esgeuluso fy hun go iawn. Mi es i i'r stafell molchi i bwyso — dydw i ddim wedi meiddio gwneud hynny ers wythnosau — ac, a dweud y gwir, mi godais i fy nghalon. Dim ond chwe phwys drosodd ydw i ond bod hwnnw i gyd fel tasai fo wedi setlo ar fy mhen-ôl i. Mi ddois i'n ôl i'r llofft a thrio fy nhroi fy hun bob siâp i gael gweld y difrod, fel petai. Rydw i'n edrych yn ofnadwy o'r cefn a dydi'r olygfa o'r tu blaen ddim yn rhy dda chwaith — mae fy ngwallt i'n waeth nag y bu o erioed. Ond mae gen i bythefnos ac mi ddechreua i'r peth cynta bore fory. Dim mwy o *chips* na Mars ac mi ofynna i i Mam drefnu apwyntiad imi gael *perm*. Mi fydd gwallt cyrliog yn gwneud imi edrych yn secsi go iawn ac mi fydd hogiau Llydaw yn gwirioni arna i. Mae pawb yn gwybod eu bod nhw'n edmygu rhywun *chic*.

Dydd Iau, Gorffennaf 22

Wel, dyna dri diwrnod o'r ymgyrch ddiweddara i wneud Delyth yn ffit i'w gweld, wedi mynd heibio. Wedi mynd yn llwyddiannus hefyd ac rydw i'n teimlo ac yn edrych yn well o lawer er bod fy nghoesau i'n stiff a'm pen-ôl i'n brifo ar ôl yr holl 'gerdded' ar fy nhin yn ôl ac ymlaen ar draws y stafell fyw. Tracy oedd wedi darllen yn rhywle mai dyna'r ffordd orau i deneuo'r rhan yna ac mae hi wedi gofalu fy mod i'n ei wneud o am oriau bob dydd. Mae hi wedi sefyll uwch fy mhen i a gofalu nad ydw i ddim yn rhoi pwysau ar fy nwylo, dim ond symud fy nghoesau. Rydw i'n siŵr fy mod i wedi 'cerdded' milltiroedd erbyn hyn ac rydw i'n synnu'n arw nad ydw i ddim wedi gwisgo twll yng ngharped y stafell fyw.

Mi fasai'n well gen i fod wedi cael ymarfer yn breifat yn fy llofft, a dweud y gwir, ond prin bod 'na le i eistedd ar lawr yn fan'ma heb sôn am 'gerdded'. Prun bynnag, mi allai pethau fod yn waeth. Mae Mam a Dad wedi bod yn glên iawn ac mae'r ddau'n cymryd diddordeb mawr yn yr ymgyrch. Maen nhw wedi bod yn cystadlu â'i gilydd i roi cynghorion imi ynglŷn â *diet* ac mae Dad yn rhoi pris tri Mars mewn tun imi bob nos. Mi ga i ddefnyddio'r pres i brynu siwt nofio newydd, meddai fo.

Rydw i'n meddwl bod yr ymdrech yn talu. Erbyn heno, rydw i'n teimlo fel pluen o ysgafn ac mae'r glorian yn dangos fy mod i wedi colli deubwys yn barod. Ac am fy ngwallt i! Mi es i i'r dre y bore 'ma i gael y *perm*. Sôn am deimlo'n ffŵl! Mi roddon nhw gyrlars dros fy mhen i i gyd ac mi fu'n rhaid imi eistedd yno am oriau yn gweddïo na fasai neb rydw i'n ei 'nabod yn dod i mewn. Ddaeth neb, drwy drugaredd, ac erbyn iddyn nhw dynnu'r cyrlars a golchi fy ngwallt i unwaith eto, rôn i'n edrych yn ffantastig. Rydw i'n siŵr fy mod i'n edrych yn hŷn ac yn fwy soffistigedig o lawer. Mi ddaeth Mam a Tracy i'm cyfarfod i wedyn ac rydyn ni'n tair wedi cael dillad newydd i fynd ar ein gwyliau. Rhwng y dillad, y gwallt a'r pen-ôl siapus, mi fydd hi'n beth od ar y diân os na fydd hogiau Llydaw yn heidio ar fy ôl i.

Mae 'na awyrgylch braf iawn yn tŷ ni yr wythnos yma. Rydw i'n meddwl bod Tracy a finnau'n gyrru ymlaen yn well pan ydyn ni ar ein pennau'n hunain ac mae Mam a Dad mewn tymer dda hefyd. Wnaeth Dad ddim cwyno pan ddeudodd Mam ei bod hi'n mynd i bwyllgor heno i drafod y byncar. Wnaeth o ddim byd ond codi'i aeliau a mwmial 'lle i storio pethau' dan ei wynt. Gobeithio na wneith Mam ddim byd gwirion eto. Mi gafodd hi ei restio ychydig yn ôl ac mae hi'n lwcus iawn, meddai Dad, nad ydi hi a Parri bach ddim yn gorfod mynd i'r llys. Mi faswn i'n marw o gywilydd tasai hynny'n digwydd.

Dydd Gwener, Gorffennaf 23

Mi aeth Tracy a finnau i'r traeth heddiw. Doedd hi ddim yn braf iawn ond roedd arnon ni isio gweld Nerys. A dweud y gwir, rôn i'n falch iawn nad oedd hi'n dywydd nofio. Dydw i ddim isio i fy ngwallt i droi'n *friz*. Mi ddeudodd yr hogan yn y siop trin gwallt y basai fo'n cymryd rhyw wythnos i setlo i lawr.

'Rwyt ti'n edrych fath â pwdl!' oedd geiriau cynta Nerys pan welodd hi ni. Mi aethon ni i'r caffi i gael diod ac roedd hi'r beth fach yn chwys domen yn cario platiau a chwpanau yn ôl ac ymlaen. Rydw i'n meddwl ei bod hi braidd yn eiddigeddus ein bod ni'n cael eistedd i lawr a dyna pam roedd hi'n gas am fy ngwallt i. Doedd hi ddim yn dweud y gwir fy mod i'n edrych yn wirion, beth bynnag, achos doedden ni prin wedi setlo cyn i dri hogyn oedd wrth y bwrdd nesa ddechrau symud eu cadeiriau'n nes er mwyn siarad efo ni. Rôn i wrth fy modd ac mi wnes i wenu'n ddel a chwerthin am eu jôcs nhw er bod y rheiny braidd yn blentynnaidd. Fedrwn i ddim peidio â sylwi nad oedd Tracy'n ymuno yn yr hwyl a'i bod hi'n edrych yn surbwch ofnadwy a phan ges i gyfle mi giciais i hi dan y bwrdd a gofyn dan fy ngwynt, beth oedd yn bod.

'Saeson ŷn nhw!' meddai hithau heb drio siarad yn ddistaw o gwbwl. Wel, rôn i wedi sylwi ar hynny, wrth gwrs, ond welwn i ddim ei fod o'n gwneud fawr o wahaniaeth. Siarad lol mae hogiau waeth ym mha iaith maen nhw wrthi ac mae Mam wedi dweud ganwaith na ddylen ni ddim gadael i ffiniau gwledydd ein rhwystro ni rhag bod yn ffrindiau.

Mae'n debyg y dylwn i fod wedi cofio sut mae Tracy'n teimlo am Saeson ond dôn i ddim am adael iddi hi ddifetha fy hwyl i. Mi ddaliais i ati i wenu ac i chwerthin a wnes i ddim cymryd arnaf fy mod i'n sylwi pan gododd un ohonyn nhw ei fraich ar hyd cefn fy nghadair i. Mi gododd Tracy'n sydyn gan wneud sŵn mawr efo'i chadair ac allan â hi. Wnes i mo'i dilyn hi. Mi ges i sgwrs braf efo'r hogiau. Robin, Andrew a Justin ydi'u henwau nhw ac maen nhw a rhieni Robin yn aros mewn carafán wrth y traeth. Dydw i ddim yn siŵr faint ydi eu hoedran nhw — dôn i ddim yn lecio gofyn — ond maen nhw'n edrych tua blwyddyn yn hŷn na ni, tua'r un oed â'r Gareth gwirion 'na, mae'n debyg, ond eu bod nhw gan mil o weithiau'n ddelach ac yn gleniach na hwnnw.

Ymhen tipyn mi ddaeth Nerys i eistedd aton ni — mae hi'n gorffen gweithio am bump. A bod yn fanwl, ddaeth hi ddim i eistedd ata i. Mi eisteddodd nesa at Justin, y distawa o'r tri hogyn, ac mi symudodd yntau'i gadair yn agos, agos ati hi. Dyna lle'r oedd y ddau wedyn yn siarad yn ddistaw efo'i gilydd, ac mi faswn i'n taeru'u bod nhw'n cydio dwylo dan y bwrdd. Tybed ydi hi'n mynd efo fo? Synnwn i ddim blewyn: roedd hi'n wahanol iddi hi ei hun rywsut. Ches i ddim cyfle i holi. Ymhen rhyw ddeng munud mi ddaeth Tracy at ddrws y caffi a dweud yn ddigon sych bod rhaid inni fynd os oedden ni am ddal y bws. Fasai dim ots gen i fod wedi'i golli o — mi fasen ni wedi medru ffonio Mam neu Dad i ddod i'n nôl ni'n hwyrach — ond rôn i'n gweld golwg mor flin ar Tracy, mi benderfynais i mai mynd fasai orau. Mae'n siŵr y cawn ni fynd i'r traeth eto fory neu'r wythnos nesa. Hei! Rydw i wedi cael syniad anhygoel o ffantastig! Mi fedrwn ni fynd â'r babell fach a chysgu ar fferm ewythr Nerys. Mi fydd Mam a Dad yn fodlon, rydw i'n siŵr, ac os nad ydi Tracy'n hoffi'r syniad, mi geith hi ddiodde'n ddistaw. Mae hi'n lwcus iawn ei bod hi'n cael byw hefo ni.

Dydd Sul, Gorffennaf 25

Hwrê! Rydw i wedi perswadio Mam a Dad i adael inni fynd yn y babell ac maen nhw wedi trefnu efo ewythr Nerys. Rydyn ni'n mynd fory. Doedd 'na ddim gwaith perswadio, a dweud y gwir. Rydw i'n amau eu bod nhw'n ddigon balch o gael gwared ohonon ni. Mae'r ddau'n brysur iawn y dyddiau yma — Mam wrthi bob munud efo tâpiau dysgu Ffrangeg a Dad, bob tro mae o'n cymryd seibiant rhwng y *press-ups* a'r jogio, â'i drwyn yn rhyw lyfr am *Sports Facilities in Brittany*.

'Jogo o ganolfan hamdden i ganolfan hamdden fyddwn ni am bythefnos, fentra i â ti!' meddai Tracy ac rôn i'n andros o falch o'i chlywed hi'n trio gwneud jôc. Doedd hi ddim yn hapus o gwbwl efo'r cynllun gwersylla ond mi gododd ei chalon ryw gymaint pan ddeudais i nad oedd raid iddi hi siarad efo'r Saeson ac y basai hogiau'r dre yn siŵr o fod o gwmpas. Rydw *i*'n edrych ymlaen yn ofnadwy, beth bynnag. Rydw i wedi colli pedwar pwys ac mae fy ngwallt i'n dal yn ddigon o ryfeddod.

Dydd Iau, Gorffennaf 29

Mi fasai'n dda gen i tasai'r Tracy 'ma'n mynd yn ei hôl i Lundain. Doedd hi'n ddim byd ond niwsans drwy'r amser roedden ni ar y traeth. Roedd hi'n dawel, dawel a'r olwg ar ei hwyneb hi'n ddigon i suro hufen iâ. Thorrodd hi ddim gair â Robin a'r hogiau eraill ac ambell waith mi wrthododd ddod allan o'r babell hyd yn oed. Yr unig dro welais i hi'n gwenu oedd y bore cynta pan gerddon ni i lawr i'r traeth a gweld Gareth yn edrych ar ôl y mulod. Mae o wedi cael y gwaith − swydd bwysig a chyfrifol, meddai fo − am fod rhywun wedi mynd yn sâl ac mae o'n aros yn nhŷ ei ewythr hefyd.

'Tebyg at ei debyg!' gwaeddodd Tracy pan welodd hi o. 'Pwy sy'n arwain pwy, gwêd?'

Rôn innau ar ben fy nigon. Mae mynd â mulod am dro drwy'r dydd yn siwtio'r llo'n iawn. Welson ni ddim llawer arno fo chwaith, ond pan oedd o wrth ei waith. Rydw i'n meddwl ei fod o'n mynd efo un o genod y dre. Y beth fach! Mi gallith hithau rywbryd!

Welson ni fawr o Nerys chwaith. Roedd hi'n cysgu yn y babell efo ni ond, wrth gwrs, roedd hithau'n gweithio drwy'r dydd. A phob nos, yn syth ar ôl swper, roedd Justin yn dod i'w nôl hi ac i ffwrdd â nhw i rywle. Pwy fasai'n meddwl y basai Nerys o bawb yn canlyn go iawn. Mi driais i gael tipyn o'r hanes ganddi hi — beth roedden nhw'n ei wneud a ballu — ond ches i ddim lwc. Wnâi hi ddim sôn amdano fo, dim ond gwenu a chochi pan oedd rhywun yn dweud ei enw fo. I feddwl ei bod hi wedi bod mor sbeitlyd pan ôn i mewn cariad efo Trystan Jones!

Ac am y Tracy 'ma — mi ddifethodd honno'r hwyl i gyd i mi. Rôn i'n mwynhau cwmni Robin ac Andrew yn iawn ond gan fod 'na ddau ohonyn nhw a dim ond un ohonof fi, doedd gen i ddim gobaith mynd efo'r un ohonyn nhw. Mi gollon nhw ddiddordeb ar ôl dwy noson a mynd ar ôl dwy hogan oedd yn aros mewn carafán wrth eu hymyl nhw.

'Rwyt ti'n well hebddyn nhw. Chafodd neb 'rioed whare teg 'da Sais,' oedd yr unig beth ddeudodd Tracy pan wnes i edliw iddi hi. Dratia'r hogan! Gobeithio nad ydi hi'n teimlo'r un fath am Lydawyr ag y mae hi am Saeson neu mi fydd hi wedi difetha fy hwyl i yn fan'no hefyd.

Dydd Mercher, Awst 4

O! rydw i'n teimlo'n hapus braf! Mae Llydaw yn lle ffantastig! Mae fy nghroen i'n teimlo'n dynn ac yn iach ar ôl gorwedd yn yr haul drwy'r dydd, a chan nad ydw i wedi bwyta dim byd ond salad ers dyddiau mae fy mol i'n wastad, ddel, ac rydw i'n teimlo fy nhrowsus bach yn llacio o funud i funud. Mi roddais i lond potel o *conditioner* ar fy ngwallt ar ôl bod yn y pwll nofio y pnawn 'ma a sefyll o dan y gawod wedyn i adael i'r dŵr olchi'r swigod sebon dros fy nghorff i i gyd. O! rydw i'n hapus!

Pnawn ddoe y cyrhaeddon ni'r maes gwersylla yma wrth ymyl Quimper, neu Kemper fel y dylen ni ei alw fo. Dyna ydi'i enw fo yn iaith Llydaw, meddai Mam, ac mae hi, wrth gwrs, yn bwriadu cefnogi lleiafrifoedd yn fan'ma fel mae hi'n gwneud ym mhob man arall. Mae ganddi hi ffrind yn Tracy y tro yma. Mae honno'n methu'n glir â deall pam mai Ffrangeg sydd i'w weld ym mhob man a pham fod y Llydawyr fel tasen nhw ddim yn gwybod mai yn Llydaw, nid Ffrainc, maen nhw'n byw. Mi fu hi a Mam yn cario ymlaen am y peth y pnawn 'ma — y ddwy am y gorau'n rhestru anghyfiawnderau. Rhyw hanner gwrando rôn i — wrth orwedd ar fy nghefn yn mwynhau'r haul. Mi fasai'n dda gen i tasen nhw'n gadael eu hegwyddorion gartre ac yn ymlacio tipyn.

Mae Mam a Dad wedi mynd allan am bryd heno — pryd mawr Ffrengig, meddai Dad. Mae o, diolch am hynny, yn medru ymlacio ar ei wyliau. Welais i mono fo'n bwyta pryd mawr ers dwy flynedd o leia. Doedd gen i ddim awydd mynd efo nhw. Wedi'r cwbwl, doedd 'na ddim pwynt dadwneud gwaith da'r bythefnos ddiwetha 'ma ac mae'n siŵr bod 'na filoedd o galorïau mewn malwod a choesau llyffant. Roedd Tracy'n ddigon parod i aros efo fi. Mae hi'n gleniach o lawer yr wythnos yma ac rydw i'n mwynhau ei chwmni'n iawn.

Dydd Gwener, Awst 6

O! rydw i'n teimlo'n rhyfedd. Rydw i bron yn siŵr fy mod i mewn cariad eto. Roedd 'na griw o hogiau wrth y pwll nofio pan aeth Tracy a finnau yno'r pnawn 'ma. Wel, a bod yn gywir, efallai y dylwn i ddweud 'dynion' nid 'hogiau'. Maen nhw'n edrych dipyn yn hŷn na ni – tua dau ddeg un neu ddau ddeg dau. Pump ohonyn nhw oedd 'na ac roedden nhw'n chwarae efo pêl yn y dŵr ac yn galw ar ei gilydd yn Ffrangeg. Wn i ddim beth roedden nhw'n ei ddweud a doedd gan Tracy ddim syniad chwaith. Rydyn ni'n dwy'n cytuno'n bod ni wedi gwneud peth dwl yn rhoi'r gorau i Ffrangeg. Mi fasai'n handi iawn inni yn fan'ma.

Roedd y Ffrancod yn y pwll nofio i gyd yn ddel ac yn frown, frown. Yr un tal efo gwallt du mae Tracy'n ei ffansïo ond mae'n well gen i yr un efo gwallt melyn. O! mae o'n bisyn! Mi faswn i wrth fy modd tasai fo'n siarad efo fi ond mae'n siŵr na fedr yntau na Chymraeg na Saesneg. Tasai fo'n edrych arna i, mi fasai hynny'n ddigon. A tasai fo'n gwenu arna i mi faswn i yn y seithfed nef! Jean ydi'i enw fo – mi glywais i'r lleill yn galw arno fo. Mae Jean yn edrych yn enw od iawn o'i sgwennu o i lawr fel'na, yn debyg i enw hogan. Ond rhywbeth tebyg i 'Siân' maen nhw'n ei ddweud. Mi ddeuda innau fo drosodd a throsodd wrthof fi fy hun cyn mynd i gysgu. Jean! Jean! Jean! O! gobeithio y bydd o yno fory.

Dydd Sadwrn, Awst 7

O! mae bywyd yn braf! Rydw i'n fwy hapus nag y bûm i erioed o'r blaen. Mi fedrwn i ddawnsio o gwmpas y maes gwersylla. Rydw i'n hapusach hyd yn oed nag ôn i pan winciodd Trystan Jones arna i, ac mae hynny'n dipyn o ddweud. A bod yn berffaith onest, wn i ddim beth welais i yn hwnnw erioed. Mae o fel ceiliog dandi wrth ochr paun o'i gymharu â Jean.

Heddiw, mi wenodd Jean arna i. Mi wenodd o ac mi ddeudodd o rywbeth yn Ffrangeg na fedrwn i mo'i ddeall ond rydw i'n siŵr ei fod o'n rhywbeth clên achos roedd ei wên o mor gynnes. Roedd o a'i ffrindiau wrth y pwll nofio pan es i yno. Ar fy mhen fy hun roeddwn i – roedd gan Tracy gur yn ei phen ac roedd Mam yn mynnu'i bod hi'n aros yn y babell rhag cael gormod o haul. Wrth lwc, roedd Jean yn eistedd yn union wrth ymyl y grisiau i lawr i'r pwll a'i draed yn y dŵr, ac mi ges i esgus i wthio heibio iddo fo er nad oedd gen i, mewn gwirionedd, fawr o awydd mynd i nofio ar fy mhen fy hun. Ond roedd o'n gyfle rhy dda i'w golli.

'*Excusez-moi*,' meddwn i – rôn i'n cofio cymaint â hynny o Ffrangeg – ac wrth ddringo i lawr y grisiau mi welais i ei fod o'n gwenu ac yn dweud rhywbeth. Mi blymiais i dan y dŵr wedyn – dôn i ddim isio iddo fo feddwl fy mod i'n rhy ddwl i ateb. Tra ôn i dan y dŵr, mi geisiais i godi plwc i ofyn oedd o a'i ffrindiau isio chwarae pêl efo fi. Rôn i newydd benderfynu mai '*Tu joues*' oedd y ffordd i ofyn oedden nhw isio gêm pan godais i i'r wyneb a ffendio'u bod nhw wedi mynd. Efallai mai picio am ddiod roedden nhw ond ches i ddim aros i weld. Mi ddaeth Dad i ddweud ei fod o am nofio deg hyd ac wedyn ein bod ni am fynd i weld rhyw eglwys gan fod Mam yn meddwl y basai hynny'n ffordd dda o gadw Tracy o'r haul.

Roedd yr eglwys, wrth gwrs, fel pob eglwys arall, yn dywyll ac yn ddistaw ac yn ddiflas iawn, iawn. Mi

stopion ni i gael crempog ar y ffordd yn ôl gan fod
Tracy'n teimlo'n well. Mae pobol Llydaw yn bwyta
miloedd o grempogau, mae'n debyg. Wn i ddim sut na
fasen nhw i gyd yn anferth o dew. Mi fwytodd Mam a
Tracy dair bob un ac mi gymerodd Dad ddwy gan eu bod
nhw wedi'u gwneud efo blawd brown a'i fod o braidd yn
bryderus nad ydi o wedi cael digon o ffeibr yr wythnos
yma. Un fach gymerais i ac mi adewais i hanner honno ar
fy mhlât. Rydw i'n benderfynol o aros yn denau ac yn
ddeniadol. Rydw i'n siŵr bod Jean yn fy hoffi fi.

Dydd Llun, Awst 9

Am ddeuddydd diflas! Rôn i'n meddwl mai dim ond
yng Nghymru mae hi'n bwrw fel hyn. Dydyn ni ddim
wedi medru gwneud dim ond mynd o gwmpas yn edrych
ar eglwysi ac eistedd mewn caffis. Ches i ddim cip o Jean
na'i ffrindiau am ddau ddiwrnod cyfan ond rydw i'n siŵr
fy mod i wedi clywed eu lleisiau nhw yn y babell fawr
oren yng ngwaelod y cae pan redais i i'r lle chwech.

Mae hi'n pistyllio rŵan. Mae o'n gwneud andros
o sŵn ar do'r babell ac yn dechrau dod i mewn
mewn un lle wrth y drws. Mi fu Mam a Dad yn
sôn am symud i lawr i'r de ond mae Tracy a finnau wedi
medru'u perswadio nhw i aros tan ddydd Gwener beth
bynnag. Mae 'na'r hyn maen nhw'n ei alw yn *Fest Noz* —
rhywbeth tebyg i ddawns werin ydi o rydw i'n meddwl —
yn Kemper nos Iau ac mi fydd Jean a'i ffrindiau'n siŵr o
fod yn fan'no os na welwn ni nhw cynt. O! gobeithio y
bydd hi'n braf fory!

Dydd Mawrth, Awst 10

Fedra i ddim sgwennu llawer heno. Rydw i'n teimlo braidd yn rhyfedd. Rydw i wedi bod yn yfed gwin am y tro cynta yn fy mywyd ar wahân i ambell wydriad bach yn y tŷ amser Dolig. Does 'na ddim drwg wedi'i wneud. Mae gwin Ffrainc yn wan iawn, fel y deudodd Dad wrth Mam pan ddechreuodd hi fynd drwy'i phethau. Rhyw chwyrnu dan ei gwynt wnaeth hi. Dydi pethau ddim wedi bod yn rhy dda rhyngddyn nhw heddiw. Rydw i'n meddwl eu bod nhw'n teimlo'r straen o dreulio tri diwrnod gwlyb yn y babell neu yn y car a dim byd i'w wneud ond siarad efo'i gilydd.

Prun bynnag, mi gafodd Tracy a finnau noson grêt. Mi beidiodd y glaw tua saith ac mi aethon ni am dro i lawr y lôn i gaffi roedden ni wedi'i weld wrth basio. Roedden ni wedi sylwi bod y lle'n llawn o bobol ifanc bob amser ac felly roedd hi heno. Yng nghanol y criw, roedd Jean a'i ffrindiau ac, er nad oedd 'na le inni eistedd yn agos atyn nhw, mi welodd Jean ni ac mi gododd ei law. O! mae o'n ddel! Roedd o'n gwisgo trowsus gwyn heno a chrys gwyn yn agored at ei fotwm bol. Roedd y gwyn yn gwneud i'w groen edrych yn ddu bron ac roeddwn i'n medru gweld y mymryn lleia o flew ar ei frest o. Rôn i'n teimlo fy nghoesau'n crynu i gyd a wnes i ddim gwrthwynebu pan ofynnodd Tracy am '*Vin rouge pour deux!*' Doedd hi ddim yn gwybod sut i ofyn am ddim byd arall, meddai hi, a dôn innau ddim chwaith. Felly, mi fu'n rhaid inni gymryd mwy ac mi eisteddon ni yno am awr neu ddwy'n yfed ac yn gwrando ar y Ffrangeg o'n cwmpas. Roedd hi'n amlwg bod amryw o'r genod yn ffansïo Jean ond doedd o ddim yn cymryd llawer o sylw ohonyn nhw. Bob hyn a hyn, roedd o'n codi'i law ar Tracy a finnau ac unwaith mi ddeudodd o rywbeth. Mi wenon ni'n dwy a nodio fel dwy ddoli. Rydw i'n siŵr ei fod o'n fy hoffi fi — rydw i'n edrych yn hŷn o lawer na phymtheg rhwng y lliw haul a'r gwallt cyrliog. Efallai'i fod o'n rhy swil i ddod ataf fi. Biti am hynny ond mae'n well gen i hogyn swil na hogyn digywilydd o lawer iawn. Mi dria i wneud pethau'n haws iddo fo fory.

Mae fy mhen i wedi clirio'n iawn rŵan ond wn i ddim fedra i gysgu chwaith. Mae Tracy'n gwingo yn ei chwsg wrth fy ochr i ac mi glywa i Mam a Dad yn cael 'sgwrs' — un eitha tawel iddyn nhw — yn rhan arall y babell.

Dydd Iau, Awst 12

O boi, am ddiwrnod! Rydw i wedi cael cymaint o sioc, rydw i'n teimlo fy mod i wedi heneiddio blwyddyn. Synnwn i ddim tasai gwallt fy mhen i wedi gwynnu. Mae hi'n dri o'r gloch y bore arnaf fi'n sgwennu hwn — ar ôl bod yn y *Fest Noz*. Mi gawson ni amser ffantastig yn fan'no ond well imi ddechrau yn y dechrau a dweud yr hanes i gyd.

Roedd hi'n heulog, braf pan godon ni'r bore 'ma ac, yn syth ar ôl brecwast, mi aeth Tracy a finnau am y pwll nofio. Doedd 'na ddim enaid byw ar gyfyl y lle ond mi daenon ni'n llieiniau ar lawr a gorwedd i dorheulo. Ymhen hir a hwyr, mi glywson ni leisiau Jean a'r lleill.

'Smalia dy fod ti'n cysgu,' meddwn i'n frysiog dan fy ngwynt wrth Tracy, ac mi weithiodd y tric yn iawn achos mi glywais i'r lleisiau'n dod yn nes a phan gymerais i gip sydyn mi welais i eu bod hwythau'n rhoi'u llieiniau ar lawr ac yn setlo wrth ein hymyl ni. Doedd ganddyn nhw fawr o ddewis, a dweud y gwir, gan mai dim ond darn bach o'r teras wrth y pwll sy'n cael haul mor gynnar yn y bore. Jean oedd y nesa ataf fi ac rôn i'n gwybod taswn i'n symud fy nghoes y mymryn lleia y baswn i'n medru cyffwrdd â'i goes o. Doedd gen i ddim digon o blwc i wneud hynny ond roedd meddwl am y peth yn gyrru iasau oer i lawr fy nghefn i er bod yr haul mor gynnes. Mi dynnais i fy mol i mewn yn dynn, codi un ben‑glin a rhoi un llaw y tu ôl i 'mhen. Rôn i'n meddwl fy mod i'n edrych yn debyg i ryw ferch welais i mewn ffilm ryw dro. O! roedd hi'n braf yn gorwedd yn fan'no! Yr haul yn boeth, miwsig o dransistor yr hogiau'n chwarae'n ddistaw a Jean wrth fy ochor i. Rôn i ar ben fy nigon.

Ymhen tipyn, mi gododd Tracy ar ei heistedd er mwyn troi drosodd i gael lliw ar ei chefn.

'Ma' blew brest d'un di'n cyrlio,' meddai hi wrtha i ar ôl setlo'n ôl.

'Mmm. Mi leciwn i redeg fy mysedd drwyddyn nhw,' meddwn innau gan ddiolch i'r drefn ein bod ni'n medru siarad Cymraeg.

'Ma'n well 'da fi flew tywyll,' meddai hi wedyn. 'Ac ma' coesau f'un i'n hirach.'

'Mae gan f'un i fwy o gyhyrau,' meddwn i. 'Mae d'un di'n edrych fel tasa fo ar stilts.'

Roedden ni'n ofalus iawn i beidio â dweud eu henwau nhw a doedden ni ddim yn dadlau'n iawn, wrth gwrs, dim ond malu awyr yn ddiog braf yn yr haul. Mi fuon ni'n ddistaw wedyn yn gwrando ar y miwsig a phan

41

ddigwyddais i agor fy llygaid, mi welais bod Jean wedi eistedd i fyny a'i fod o'n edrych arna i. Mi wenais i arno fo ac mi ges i wên fach swil yn ôl. Rôn i'n medru dweud ei fod o am siarad efo fi, i ofyn imi fynd i'r *Fest Noz* heno efallai, neu am dro yn ystod y pnawn. Rôn i'n gwybod na faswn i ddim yn ei ddeall o ac, er mwyn ennill tipyn o amser, mi drois i ar fy ochor gan smalio tacluso'r llian.

'Beth wna i?' meddwn i wrth Tracy gan drio swnio fel taswn i'n trafod y tywydd. 'Mae o'n mynd i ofyn rhywbeth imi a fydda i ddim yn medru ateb!'

'Gelli di weud *"Oui"*,' oedd ateb Tracy. 'Neith hynny'r tro. Gelli di gymryd pethe o fan'ny wedyn.'

Wel, mi drois i'n ôl ar fy nghefn ac edrych ar Jean ac mi agorodd yntau'i geg i siarad efo fi. Sôn am sioc!

'Ar eich gwyliau ydach chi, genod?' meddai fo.

Mi fu bron imi ddisgyn i mewn i'r pwll ac mi gododd Tracy ar ei heistedd mor sydyn â tasai hi'n sownd wrth linyn.

'Y...ie...' medden ni'n dwy ymhen hir a hwyr. Rôn i, beth bynnag am Tracy, yn teimlo'n oer drosta. Fedrwn i ddim peidio â chofio fel roedden ni wedi bod yn ei drafod o ychydig ynghynt. Mi grafais i fy mhen am rywbeth call i'w ddweud ond Tracy siaradodd gynta.

'Y...Cymry ŷch chi i gyd?' gofynnodd hi. Roedd hi'n poeni, wrth gwrs, bod yr un mae hi'n ei ffansïo wedi'n deall ni hefyd.

'Na, dim ond fi,' atebodd Jean. 'O Ffrainc mae'r lleill yn dod. Siôn ydi f'enw i, gyda llaw.'

Mi ddeudon ninnau'n henwau wrtho fo ond chawson ni ddim cyfle i ddweud dim byd arall. Mi wenodd arnon ni eto ac wedyn mi gododd o ar ei draed a phlymio i'r pwll gan alw ar ei ffrindiau yn Ffrangeg.

'Rôn i'n meddwl ei fod o'n rhy swil i fod yn Ffrancwr,' meddwn i wrth Tracy ar ôl inni'n dwy godi'n llieiniau'n ddigon brysiog a dod yn ôl at y babell. Dôn i ddim wedi meddwl y ffasiwn beth, wrth gwrs, ond rôn i'n teimlo'n gymaint o ffŵl, roedd rhaid imi ddweud rhywbeth. Dydw i ddim yn meddwl imi dwyllo Tracy chwaith.

''Na ti wedi sbwylo popeth,' meddai hi'n ddigon sarrug. 'Does 'da fi ddim gobaith 'da f'un i nawr. Bydd y Siôn 'na wedi gweud y cwbwl wrth y bechgyn eraill.'

'Chdi ddechreuodd,' meddwn innau'n flin. Rôn i'n teimlo'i bod hi'n annheg iawn yn rhoi'r bai i gyd arna i.

Aethon ni ddim at y pwll wedyn drwy'r dydd ond mi benderfynon ni fentro i'r *Fest Noz*.

'Does 'na ddim drwg mawr wedi'i wneud,' meddwn i wrth Tracy. 'Maen nhw'n gwybod bod gynnon ni ddiddordeb rŵan ac ella y bydd hynny'n help i Jean ddod dros ei swildod.'

Mi gymeron ni drafferth mawr efo'n gwalltiau a'n dillad ac efo'n *make-up* hefyd, er nad oedd hynny ddim yn beth hawdd mewn pabell. Roedd y *Fest Noz* yn grêt — miloedd o bobol yn dawnsio ar y stryd. Mi fuon ni'n hir yn dod o hyd i Jean a'i ffrindiau ond mi welson ni nhw o'r diwedd ac mi bwyson ni ar wal wrth eu hymyl nhw. Rôn i'n teimlo fy mod i'n edrych ar fy ngorau — yn ddeunaw oed o leia — ac rôn i wedi cael Tracy i gytuno i beidio â sôn mai genod ysgol ydyn ni. Fel y digwyddodd pethau, chawson ni fawr o gyfle i siarad efo Jean. Mi ddaeth o aton ni a gofyn inni'n dwy ddawnsio — roedd angen dwy ferch efo pob bachgen. Ond hen ddawns wirion oedd hi. Roeddech chi'n newid partneriaid bob tro roedd y cylch yn troi, ac mi gollon ni olwg ar Jean yn fuan iawn. Ond rydw i'n siŵr ei fod o'n fy lecio fi neu fasai fo ddim wedi gofyn imi ddawnsio. Chwarae teg iddo fo am ofyn i Tracy hefyd. Mae'n amlwg ei fod o'n hogyn sensitif a meddylgar. Erbyn meddwl, rydw i'n falch mai Cymro ydi o. Taswn i'n priodi Ffrancwr, mi fasai'n rhaid imi symud yma a byw ar goesau llyffant a malwod am byth.

Dydd Sul, Awst 15

Mae'r tywydd yn dal yn braf ac rydyn ni'n cael amser da er nad ydyn ni wedi gweld Jean a'r lleill yn iawn ers nos Iau. Mi aethon nhw oddi yma i rywle ddydd Gwener a dydd Sadwrn a heddiw mi fynnodd Mam a Dad ein bod ni'n mynd am daith i weld y wlad. Maen nhw'n teimlo nad ydyn ni ddim wedi gweld digon o Lydaw.

'Ac mae hynny'n biti,' meddai Mam. 'Mae'n bwysig ein bod ni'n ehangu'n gorwelion.'

Mi gafodd Tracy a finnau drafferth i'w perswadio nhw i beidio â symud ymlaen i aros yn rhywle arall ddydd Gwener. Dyna oedd y bwriad, ond rôn i'n gwybod, tasen ni'n symud, na faswn i ddim yn gweld Jean byth eto. Fedrwn i ddim dioddef hynny. Doedd Tracy ddim yn poeni cymaint â fi am y peth. Dydi hi ddim mor wyllt am yr hogyn tal, tywyll wedi iddi edrych yn iawn ar ei goesau fo.

'Dim gwahaniaeth 'da fi symud,' meddai hi wrtha i. 'Bydd bechgyn i' ga'l mewn maes gwersylla arall, siŵr o fod.'

'Fydd 'na ddim Jean arall,' meddwn innau ac mi

44

gytunodd i'm cefnogi i yn erbyn Mam a Dad. Mi lwyddon ni i'w perswadio nhw yn y diwedd nad oedd hi'n werth symud y babell a'i bod hi'n well dod i 'nabod un ardal yn iawn na gwibio o gwmpas yn 'gwneud' pob man. Rydyn ni am gael aros yma tan ddydd Iau. Mi fydd rhaid inni ei chychwyn hi am Gymru wedyn.

Mi ges i sgwrs dda efo Tracy heno pan oedd Mam a Dad wedi mynd allan am dro ac rydw i'n teimlo fy mod i'n ei 'nabod hi'n well. Sgwennu cardiau post ôn i, er mae'n siŵr y byddwn ni adre o'u blaenau nhw. Roedd rhaid imi sgwennu un at Anti Jen a rhyw bobol felly ac mi fûm i'n crafu fy mhen am sbel am bethau gwahanol i'w dweud ar bob un nes imi sylweddoli na fasen nhw ddim yn gweld cardiau'i gilydd ac y medrwn i gopïo'r un neges arnyn nhw i gyd. Doedd gan Tracy, wrth gwrs, ddim byd i'w wneud − docs ganddi hi ddim teulu o gwbwl − ac mi awgrymais i y medrai hi sgwennu un at Nerys oddi wrthon ni'n dwy.

'Does 'da fi ddim 'mynedd 'da'r ferch,' meddai hi. 'Wy'n ffaelu â'i deall hi'n mynd mâs 'da Sais.'

Mi ofynnais i'n blwmp ac yn blaen beth oedd ganddi hi yn erbyn Saeson a hithau wedi'i magu yn eu canol nhw.

'Dyna'r pwynt,' meddai hithau. 'Wnaeth y jawled ddim byd ond troeon gwael â fi. Sais briododd fy mam i a doedd e ddim yn moyn 'y ngha'l i 'da nhw. Ac wedi hynny, yn y cartre, dim ond Anti Bet oedd yn garedig i fi, a Chymraes oedd hi.'

Mi ddeudodd hi dipyn am y cartre wedyn. Roedd o'n swnio'n lle ofnadwy, er bod y plant yn cael digon i'w fwyta a phob dim felly. Roedd Tracy'n rhannu llofft efo tair merch arall ac roedden nhw'n hen fwlis ac yn gwneud

45

ei bywyd hi'n boen. Dim ond Anti Bet — y Gymraes oedd yn gweithio yn y cartre — oedd yn gwrando arni'n dweud ei chŵyn. Pan wnaeth Anti Bet ymddeol, roedd Tracy'n anhapus ofnadwy. Mae ganddi hi hiraeth amdani o hyd, meddai hi, ond does ganddi hi ddim syniad lle mae hi rŵan gan fod Anti Bet wedi symud o Lundain ar ôl rhoi'r gorau i weithio.

Tracy druan! Rydw i'n teimlo'n ofnadwy fy mod i'n meddwl pethau cas amdani hi weithiau. Wna i ddim eto, hyd yn oed pan mae hi'n gwneud pethau stiwpid fel y gwnaeth hi heno. Mi aethon ni i'r lle chwech cyn mynd i'r gwely ac rôn i wrthi'n golchi fy nwylo pan glywais i Tracy'n gweiddi y tu allan,

'Delyth! Dere gloi! Ma' rhywun wedi trengi 'ma!'

Mi es i allan ac mi welais i un o'r Ffrancod yn gorwedd yn hollol lonydd y tu allan i'w pabell nhw. Y peth nesa, mi stwffiodd Jean allan o'r babell.

'Popeth yn iawn, genod bach,' meddai fo. 'Wedi cael gormod o win mae o.'

Sôn am deimlo'n ffŵl! Mae'n amlwg fod Jean yn chwerthin am ein pennau ni neu fasai fo ddim wedi'n galw ni'n 'genod bach'. Mi fedrwn i dagu Tracy ond wna i ddim. Mae'n rhaid imi gofio mai dim ond Mam, Dad a fi sydd ganddi hi yn y byd i gyd. Dydi Dylan ddim yn cyfri — dydyn ni byth yn ei weld o. Mae o yn America erbyn hyn, wedi mynd i ddweud un neu ddau o bethau plaen wrth yr Arlywydd, yn ôl Mam.

Dydd Llun, Awst 16

Diwrnod grêt eto er iddo fo ddechrau'n ddigon annifyr. Mi ddeffrais i i sŵn Mam a Dad yn cael 'sgwrs'. Mae'n debyg eu bod nhw'n anghytuno ynglŷn â phwy ddylai olchi'r dillad.

'Os wyt ti'n mynnu jogio nes bod dy drowsusau di'n diferu o chwys, golcha nhw dy hun,' meddai Mam. 'Mae gen i bethau gwell i'w gwneud.'

'Fel beth?' meddai Dad rhwng ei ddannedd. Roedd o'n amlwg yn trio peidio â gweiddi rhag i'r bobol yn y babell nesa glywed. 'Fi wnaeth y swper neithiwr a'r noson cynt a dydw i ddim wedi sylwi arnat ti'n cario dŵr o gwbwl.'

'Does gen i ddim help ei fod o'n rhy drwm imi,' chwyrnodd Mam yn ôl. ''Tydi bod yn gryfach na rhywun arall ddim yn rhinwedd o fath yn y byd!'

Rôn i'n teimlo'n reit ddigalon wrth wrando arnyn nhw. Rôn i'n meddwl bod pethau'n well o lawer yn ddiweddar. Ond roedd Tracy wedi deffro hefyd ac mi winciodd hi arna i.

'Paid â becso,' meddai hi. 'Symo nhw'n cwmpo mâs o ddifri. Dere, awn ni lawr i'r pwll.'

A dyna lle buon ni drwy'r dydd. Mi ddaeth Jean a'i ffrindiau yno ac mi gawson ni chwarae pêl yn y dŵr efo nhw. Ches i ddim cyfle i gael sgwrs breifat efo Jean ond mi wenodd o arna i ddeng gwaith o leia. O! mae hi'n biti'i fod o mor swil! Mi fûm i'n meddwl y medrwn *i* ofyn iddo *fo*. Wedi'r cwbwl, rydw i'n siŵr y basai Mam yn dweud fod gan ferch gymaint o hawl â dyn i gymryd y cam cynta. Ond doedd Tracy ddim yn meddwl bod hynny'n syniad da.

'Paid â bod yn ddwl,' meddai hi. 'Os yw'r bachan yn moyn mynd mâs 'da ti, fe ofynnith e.'

Prun bynnag, mi gawson ni amser grêt ac rydw i'n siŵr y gwneith o ofyn imi fory. Gobeithio y gwneith o − dim ond dau ddiwrnod sydd gynnon ni ar ôl. Rydyn ni'n cychwyn adre ddydd Iau.

Dydd Mawrth, Awst 17

Diwrnod ffantastig arall! Dyma ddiwrnod gorau'r gwyliau. A dweud y gwir, dyma ddiwrnod gorau fy mywyd i. Y pnawn 'ma, am saith munud ar hugain wedi tri, yn ôl y cloc wrth y pwll nofio, pan oedd yr haul yn tywynnu a'r awyr yn las, mi roddodd Jean ei freichiau amdana i. Do wir, mi roddodd ei freichiau amdana i a'm codi i i'r awyr!

Chwarae pêl yn y dŵr oedden ni ac roedden ni wedi'n rhannu'n hunain yn ddau dîm − tri o'r Ffrancod yn un tîm a Jean, Ffrancwr arall a Tracy a finnau yn y tîm arall. Bob tro roedd y bêl yn taro'r wal ym mhen draw'r pwll, roedden ni'n sgorio pwynt. Mi daflodd rhywun y bêl yn uchel ac mi waeddodd Tracy, 'Dal hi, Delyth!' Doedd gen i ddim gobaith o'i chyrraedd hi ac mi ddylai Tracy wybod nad ydw i mo'r orau yn y byd am ddal pêl. Ond yr eiliad nesa, mi deimlais i ddwylo cryf yn gafael am fy nghanol i ac yn fy nghodi fi i'r awyr. Mi ddaliais i'r bêl ac mi glywais i Jean yn dweud 'Da iawn ti!' Fo oedd wedi gafael ynof fi! Rôn i bron â llewygu o hapusrwydd ac yn diolch i sant pob eglwys yn Llydaw fod yr holl lwgu wedi gwneud fy nghanol i'n ddigon main i ffitio'i ddwylo fo. Rôn i yn y seithfed nef. Wna i byth, byth tra bydda i byw, anghofio'r teimlad. Mae'n wir ei fod o wedi fy ngollwng i nes imi fynd dros fy mhen i'r dŵr yr eiliad nesa er mwyn mynd ar ôl y bêl, ond os oedd ei ddwylo fo'n llosgi fel fy nghanol i, dydw i'n gweld dim bai arno fo. Mae'n rhaid ei fod o'n fy ngharu fi. O! pam na frysith o i ofyn i mi fynd allan efo fo? Dim ond un diwrnod sydd ar ôl.

Dydd Mercher, Awst 18

Newydd ddod yn ôl ar ôl cael barbeciw y tu allan i babell Jean. Mi wnes i fwynhau fy hun yn ofnadwy ond rydw i'n teimlo dipyn bach yn siomedig achos ches i ddim bod ar fy mhen fy hun efo fo o gwbwl. Y rheswm am hynny oedd ei fod o'n brysur yn canu gitâr drwy'r gyda'r nos. Oni bai am hynny, rydw i'n siŵr y basai fo wedi gofyn imi fynd am dro. O! rôn i'n mwynhau gwrando arno fo! Ar ôl inni orffen bwyta, mi eisteddodd pawb yn braf o gwmpas y tân. Roedd y lleill yn sipian gwin, ond mi roddodd Jean oren i Tracy a finnau sy'n dangos bod ganddo fo feddwl uchel iawn ohonon ni. Mi ddechreuodd o ganu ar ei ben ei hun wedyn, ac roedd ei lais o'n fendigedig. Caneuon Ffrangeg roedd o'n eu canu wrth gwrs, ond ar ôl tipyn mi drodd o at Tracy a fi — mae o'n ofnadwy o feddylgar, yn cynnwys Tracy bob tro — a dweud, 'Cân arbennig i'r merched o Gymru.' Yn Gymraeg, wrth gwrs. O! roedd o'n deimlad cynnes braf ei glywed o'n siarad efo fi'n breifat fel'na a neb arall yn ei ddeall o. (Ond Tracy, wrth gwrs, ond fedren ni ddim ei gyrru hi oddi yno yn hawdd iawn.)

Rôn i'n meddwl yn siŵr ei fod o am roi neges imi ar gân gan ei fod o'n rhy swil i siarad, ac rôn i'n disgwyl clywed rhywbeth fel 'Tyrd am dro i'r coed', roedden ni'n ei chanu yn yr Urdd, ers talwm. Ond mi ges i fy siomi braidd achos yr hyn ganodd o oedd, 'Hen iâr fach bert yw'n iâr fach i'. Erbyn meddwl, rydw i'n siŵr mai dim isio bod yn rhy amlwg oedd o achos pan ddaeth o at y pennill, 'Aeth Siôn a Siân i'r parc am dro' mi fedrwn i daeru'i fod o wedi wincio arna i.

'Pryfyn oedd yn ei lygad e,' meddai Tracy pan soniais i am y peth wedyn ond rydw i'n meddwl mai fi oedd yn iawn ac oni bai bod Mam a Dad wedi clywed y canu ac wedi dod draw i ymuno efo ni, mi fasai fo'n siŵr o fod wedi gofyn imi.

Dydw i ddim yn siŵr beth i'w wneud. Rydyn ni'n gadael y lle yma ben bore fory ac os na wna i rywbeth yn sydyn, fydd Jean ddim yn gwybod sut i ddod i gysylltiad efo fi pan ddaw o'n ôl i Gymru. Rydw i'n meddwl y coda i'n gynnar a mynd i roi fy nghyfeiriad yn sownd wrth ddrws ei babell o. Mi fydd o'n siŵr o ddod ar fy ôl i wedyn. Rydw i'n gwybod ei fod o'n fy ngharu fi.

Dydd Sul, Awst 22

Wel, dyma ni yn ôl adre — Dad yn dechrau gweithio bore fory a Tracy a finnau efo wythnos a hanner cyn mynd yn ôl i'r ysgol. Mi weithiodd fy nghynllun i'n iawn

— mi lwyddais i i adael nodyn wrth ddrws pabell Jean ac mae o'n siŵr o gysylltu efo fi cyn hir. Y peth pwysica sy'n digwydd yr wythnos yma ydi bod 'na weithwyr cymdeithasol yn dod i weld Tracy — nid un y tro yma ond dau neu dri. Maen nhw'n dod ddydd Gwener ac mi fyddan nhw'n penderfynu'n derfynol ydi hi'n cael aros efo ni ai peidio. O! gobeithio y bydd popeth yn iawn! Rydw i'n teimlo'n agos iawn at Tracy ar ôl y sgwrs hir gawson ni yn Llydaw. Rydw i'n gwybod ei bod hi'n rhyfedd weithiau, yn enwedig pan mae hi'n cario ymlaen am Saeson, ond rydw i'n meddwl y byd ohoni hi, a dweud y gwir. A bron nad ydw i'n cytuno bod ganddi hi bwynt am Saeson hefyd. Roedd 'na rai digywilydd ofnadwy ar y cwch ar y ffordd adre.

'*What's that you're speaking?*' gofynnodd un ohonyn nhw a chwerthin dros y lle pan ddeudais i '*Welsh*'.

'Llanfairpwll...bla...bla...bla,' meddai'i fêt o fel rhyw hen ddafad.

'Dere o 'ma gloi,' meddai Tracy gan dynnu yn fy mraich i, 'neu bydda i wedi towlu'r jawl hyll i'r môr.'

Mae'n rhaid imi gyfaddef y basai wedi bod yn bleser cael ei helpu hi.

Dydd Mawrth, Awst 24

Mi es i i'r traeth y pnawn 'ma i weld Nerys. Mynd fy hun wnes i. Roedd Tracy wedi gofyn fasai hi'n cael mynd efo Mam i ryw gyfarfod ynglŷn â'r byncar, neu'r 'byncar honedig' fel mae Dad yn ei alw fo. Mae Tracy'n dilyn Mam o gwmpas fel ci bach y dyddiau yma ac, wrth gwrs, roedd honno wrth ei bodd pan ddeudodd hi ei bod hi isio mynd i'r cyfarfod.

'Mae hi'n braf gweld y genhedlaeth ifanc yn cymryd diddordeb yn eu dyfodol,' meddai hi gan edrych yn ddigon sarrug arna i.

Roedd hi'n eitha peth na ddaeth Tracy ddim. Mi fasai hi wedi gwylltio'n gacwn tasai hi wedi gweld Nerys wrthi efo'r Justin 'na. Doedd o ddim yn y caffi pan gyrhaeddais i ond doedd gan Nerys ddim amser i siarad. Roedd hi'n rhuthro'n ôl ac ymlaen efo coffi a brechdanau ac yn edrych yn chwys domen. Rydw i'n gwybod na fasai hi ddim isio clywed hanes Llydaw, beth bynnag. Dydi hi byth yn lecio pan ydw i'n cael gwneud rhywbeth hebddi hi.

Mi flinais i eistedd yno ar ôl tipyn ac mi es i am dro i lawr i'r traeth. Roedd y Gareth gwirion 'na yno yn edrych ar ôl ei fulod.

'Well iti beidio â chael reid,' meddai fo, 'rhag ofn iti dorri cefn y mul!'

Roedd hynny'n gwbwl annheg a chwarae teg iddo fo, ar ôl sbio'n iawn arna i, mi ddeudodd: 'Dwyt ti ddim mor ddrwg ag oeddet ti chwaith. Dwyt ti ddim llawer mwy na Trystan Jones rŵan.'

Mi ddewisais i anwybyddu hynny. Tasai fo ond yn gwybod nad oes gen i ddim mymryn o ddiddordeb yn Trystan Jones bellach.

A dweud y gwir, mi ges i sgwrs ddigon call efo Gareth wedyn. Mi holais i am ei rieni o ac mi ddeudodd fod ei dad o'n dal i weithio efo'r cwmni adeiladu ac yn gobeithio cael dal ymlaen am ryw fis arall. Mae ei fam o'n brysur yn paratoi ar gyfer dechrau'r tymor. Fuon nhw ddim i ffwrdd o gwbwl eleni ond doedd Gareth ddim yn swnio'n ddigalon o gwbwl. Mae o wedi mwynhau gweithio ar y traeth, meddai fo. Dydw i erioed o'r blaen wedi cael sgwrs fel'na efo fo. Mae'n dda gen i ei fod o'n callio wrth fynd yn hŷn. Mae Mr a Mrs Morgan yn bobol neis a dydyn nhw ddim yn haeddu mab mor wirion ag y mae Gareth wedi bod.

Mi es i'n ôl i'r caffi wedyn ond, erbyn hynny, roedd Justin yno a chyn gynted ag y gorffennodd ei gwaith, mi aeth Nerys ac yntau i rywle efo'i gilydd. Mi ddaeth hi ata i i esbonio cyn mynd.

'Mae o'n mynd i ffwrdd ddydd Gwener,' meddai hi, 'a welwn ni mo'n gilydd am flwyddyn gyfan wedyn. Rwyt ti'n dallt, dwyt Del? Wela i chdi'r wythnos nesa.'

Rydw i'n deall yn iawn, wrth gwrs. Fel'na faswn i cfo Jean hefyd. Dydw i ddim wedi clywed dim byd ganddo fo eto ond dydw i ddim yn ddigalon. Mae'n gynnar o hyd.

Dydd Gwener, Awst 27

Gair bach cyn mynd i gysgu. Mi aeth popeth yn iawn efo'r gweithwyr cymdeithasol ac mae Tracy am gael aros efo ni. Diolch byth! Rydw i wedi bod ar bigau'r drain yn meddwl am y peth drwy'r wythnos. Rôn i'n gwybod yn y bôn y basai pethau'n iawn, ond roedd arna i ofn am fy mywyd i rywbeth fynd o'i le y munud ola.

Dim gair oddi wrth Jean byth.

Dydd Llun, Awst 30

Mi ddaeth Nerys yma heddiw a doedd hi ddim byd tebyg iddi hi'i hun. Doedd 'na ddim sgwrs na gwên i'w gael ganddi hi. Roedd hi'n welw ar ôl bod yn y caffi drwy'r haf ac roedd hi'n edrych yn denau hefyd. Dydi hi ddim yn medru bwyta, meddai hi, gan fod ganddi hi gymaint o hiraeth am Justin. Mi wrthododd gymryd hufen iâ pan es i i nôl peth o'r rhewgell a doedd Tracy ddim isio peth chwaith. Felly, gan fod y stwff wedi dechrau toddi, mi fu'n rhaid i mi fwyta'r cyfan. Mae'n braf iawn ar Nerys yn methu bwyta. Fel arall yn hollol y bydda i pan fydda i'n ddigalon.

Rydw i'n dechrau poeni am Jean. Efallai bod fy nodyn i wedi chwythu i ffwrdd neu wedi cael ei fwyta gan gi neu rywbeth a'i fod o'n chwilio Cymru'n ffrantig amdana i.

'Doedd dim blewyn o wynt y bore 'ny,' meddai Tracy pan ddeudais i fy nghwyn wrthi hi ar ôl i Nerys fynd. 'A dyw cŵn ddim yn bwyta papur!' Gobeithio'i bod hi'n iawn. Mae hi'n meddwl nad ydi o ddim wedi gadael Llydaw eto, mai myfyriwr ydi o a'i fod o'n cael gwyliau hir fel Dylan. Roedd o'n edrych yn hŷn na hynny i mi. Efallai'i fod o'n feddyg neu'n rheolwr cwmni neu rywbeth. Rydw i'n edifar na faswn i wedi gofyn iddo fo ond roedden ni'n siarad cyn lleied â phosib am bethau felly rhag ofn iddo fo ddechrau'n holi ni. Doedden ni ddim am iddo fo wybod mai genod ysgol ydyn ni. Rydw i'n siŵr ei fod o'n ôl yng Nghymru erbyn hyn. Efallai y daw llythyr fory.

Dydd Mercher, Medi 1

Mi godais i'n gynnar i nôl y post ond doedd 'na ddim byd ond cerdyn gan Dylan o Disneyland. O! rydw i'n teimlo'n ddigalon! Mae hi'n bwrw glaw, mae 'na ysgol fory ac mae Jean wedi anghofio amdana i. Mi fwytais i bron i baced cyfan o Sugar Puffs y pnawn 'ma ac mae fy mol i'n dechrau chwyddo eto. Fedra i ddim byw heb Jean. Tybed fedrwn i redeg i ffwrdd a mynd yn ôl i Lydaw i chwilio amdano fo? Rydw i'n siŵr y basai Interpol yn fy helpu i. Mae'n rhaid imi wneud rhywbeth neu mi fydda i'n drysu.

Dydd Iau, Medi 2

Mae fy mhen i'n troi. Dydw i ddim yn gwybod lle i ddechrau disgrifio beth sydd wedi digwydd heddiw. Dydw i ddim yn gwybod ydi o'r peth mwya anhygoel o ryfeddol sydd wedi digwydd erioed ynteu ydi o'n beth ofnadwy o ddigalon, fel mae Nerys a Tracy'n tueddu i feddwl.

Heddiw, roedd yr ysgol yn ailagor, ac ar ôl rhyw hanner awr yn ein stafelloedd newydd, roedd rhaid inni fynd i'r gwasanaeth gan gerdded mewn llinellau twt − mae'r athrawon yn ffysian yn ofnadwy ddechrau'r tymor. Yn y neuadd, roedd yr athrawon i gyd yn eistedd ar y llwyfan. Roedd hi'n braf iawn arnyn nhw'n cael eistedd − sefyll fu rhaid i ni drwy berorasiwn Bulldog, y prifathro. Yr un bregeth ag arfer oedd ganddo fo − llongyfarch y rhai oedd wedi gwneud yn dda yn yr

arholiadau a dweud y drefn wrth y lleill. Mi welwn i
Gareth yn y cefn yn swancio am ei fod o yn y chweched ac
yn cochi at ei gorun pan gafodd ei enwi fel un o'r rhai
oedd wedi gwneud yn arbennig o dda. Rôn i'n synnu'n
arw: wyddwn i ddim fod ganddo fo frêns.

Wedyn, mi alwodd Bulldog ar Trystan Jones a Marged
Hughes i gael eu bathodynnau prif-ddisgyblion ac mae'n
rhaid imi gyfaddef imi gael teimlad digon rhyfedd pan
welais i Trystan yn sefyll ar y llwyfan. Roedd o'n edrych
yn urddasol iawn ac mi fûm i bron â syrthio mewn cariad
efo fo eto yn y fan a'r lle nes imi gofio am Jean. Y peth
nesa wnaeth Bulldog oedd cyhoeddi bod gynnon ni athro
newydd.

'Mae'n dda iawn gen i gael croesawu aelod newydd o'r
staff,' meddai fo. 'Yn dilyn ymddeoliad Mrs Wilson, fo
fydd yn gyfrifol am yr Adran Ffrangeg. Mr Siôn
Williams.'

A phwy gerddodd ymlaen o'i le yn rhes gefn yr
athrawon ond Jean! Dôn i ddim wedi'i weld o o'r blaen
gan ei fod o'r tu ôl i fol mawr Parri bach ond pan gododd
o ar ei draed mi es i i grynu drosof. Rydw i'n siŵr bod
sŵn fy mhengliniau'n taro'n erbyn ei gilydd i'w glywed
drwy'r neuadd. Mi ges i anferth o bwniad yn fy ochor
gan Tracy ac mi sylwais i bod Nerys a Rhiannon a Judith
a'r lleill yn edrych yn rhyfedd arna i. Mae'n siŵr fy mod
i'n edrych yn wirion bost. Roedd fy llygaid i bron â
neidio allan o 'mhen i ac roedd dafnau mawr o chwys yn
casglu ar fy nhalcen i.

Mi gawson ni fynd o'r neuadd o'r diwedd ac mi
lwyddais i i loetran yn y coridor nes i'r athrawon fynd
heibio. Pan welais i Jean yn dod, mi gamais i allan dipyn

bach a pharatoi i ddweud rhywbeth. Ond wnaeth o ddim stopio, dim ond nodio a hanner gwenu a mynd yn syth yn ei flaen.

'I'ch dosbarth, Delyth Davies,' cyfarthodd Cadi Cwc oedd yn cerdded yn union y tu ôl iddo fo. 'Mae rhaid i chi roi'ch trwyn ar y maen y tymor yma, 'ngeneth i.' Ac mi gydiodd yn f'ysgwydd i a'm gwthio i drwy ddrws y stafell fel na ches i ddim ond cip bach sydyn ar gefn del Jean yn diflannu i lawr y coridor.

'Rwyt ti'n rhy ifanc o lawer iddo fo,' oedd ymateb Nerys pan gafodd hi wybod beth oedd yn bod. 'Taset ti'n bod yn onest, chymerodd o fawr o sylw ohonot ti yn Llydaw ac mae'n amlwg nad ydi o ddim isio dy 'nabod di rŵan. Paid â gwneud ffŵl ohonot dy hun, Delyth Haf!'

Mae Tracy'n tueddu i gytuno efo Nerys. Mae'n wir, o edrych yn ôl, meddai hi, mai bod yn ffeind wrthon ni oedd Jean yn Llydaw. O! gobeithio nad ydyn nhw'n iawn. Rydw i'n teimlo mor gymysglyd, wn i ddim beth i'w feddwl. Ond mi wn i un peth, mi rown i unrhyw beth yn y byd mawr crwn am gael bod yn gariad i Jean. O! pam wnes i benderfynu cymryd gwnïo yn lle Ffrangeg?

Dydd Gwener, Medi 3

Rydw i'n siŵr mai fi sy'n iawn. *Mae* o'n fy lecio fi. Roedden ni yn y stafell goginio y pnawn 'ma — am lwc ofnadwy i gael Cadi Cwc ar bnawn dydd Gwener — ac mi ffendiodd hi nad oedd ganddi hi ddim sialc.

'Mi a' i i nôl peth i chi, Miss Morris,' meddwn i'n glên ac mi edrychodd hi'n wirion. Dydi hi ddim wedi arfer fy ngweld i'n trio plesio. Beth bynnag, mi adawodd imi fynd ac rôn i wrth fy modd. Mae'r sialc yn cael ei gadw yn stafell yr athrawon ac rôn i wedi gweld wrth basio fod Jean yn eistedd yno'n darllen. A fo ddaeth at y drws!

'Cewch siŵr, Delyth,' meddai fo pan ofynnais i am y sialc. 'Gawsoch chi daith iawn yn ôl o Lydaw?'

Wn i ddim pam ei fod o'n galw 'chi' arna i. Roedd o'n ddigon parod i ddweud 'ti' yn y pwll nofio. Mae'n siŵr nad ydi o am i'r athrawon eraill wybod ein bod ni mewn cariad. Mi benderfynais innau fod yn ffurfiol.

'Do diolch, Mr Williams,' meddwn i ac mi wenodd yntau. Mi faswn i'n taeru bod ei fysedd o wedi rhyw hanner cydio yn fy rhai i pan roddodd o'r sialc imi.

'Ofn i chdi ollwng y bocs oedd o, stiwpid,' meddai Nerys pan ges i gyfle i ddweud. 'A da chdi, galw'r dyn wrth ei enw iawn. Siôn ydi o nid Siân, os nad oes 'na rywbeth yn od ynddo fo. A phaid ag edrych fel'na, Delyth. Sgen ti ddim syniad be ydi bod mewn cariad go iawn.'

Mae Nerys yn bigog iawn y dyddiau yma ac, wrth gwrs, mae gen i gydymdeimlad mawr efo hi. Welith hi mo Justin am flwyddyn gron ac rydw i'n lwcus iawn fy mod i'n cael gweld Jean bob dydd, hyd yn oed os nad ydw i'n cael siarad llawer efo fo. Mae ei weld o o bell yn ddigon i mi.

Dydd Sul, Medi 5

O! rydw i'n teimlo'n sâl! Rydw i newydd gymryd pedwar Alka-Seltzer ac mae pethau od iawn yn digwydd

yn fy nhu mewn i. Bwyta gormod yn nhŷ Nerys y pnawn
'ma wnes i. Mi aeth Tracy a finnau yno i de ac roedd Mrs
Morgan wedi gwneud pob math o deisennau. Roedd 'na
dreiffl hefyd ac mi ges i ddwy ddesgliad. Mi fydd rhaid
imi lwgu am wythnos rŵan i wneud iawn — mae Jean
mor ddeniadol, fydd o ddim isio cael ei weld efo merch
dew. Ac mae o'n siŵr o ofyn imi fynd allan efo fo nos
Sadwrn nesa ar ôl iddo fo setlo yn yr ysgol.

Mi soniais i wrth Mrs Morgan amdano fo. Wnes i
ddim dweud ein bod ni'n caru'n gilydd, wrth gwrs, dim
ond bod gynnon ni athro newydd a'n bod ni wedi'i
gyfarfod o o'r blaen yn Llydaw. Rôn i'n meddwl fy mod
i'n swnio'n ddiniwed iawn ond roedd Nerys a Tracy'n
pwffian chwerthin ac yn gwneud imi deimlo'n ddigon
annifyr. Mi driais i roi cic go hegar i un ohonyn nhw dan
y bwrdd ond roedd coes Gareth ar y ffordd.

'Aw!' meddai fo dros y lle ac mi gododd a dod amdana
i. Mi fasai wedi hanner fy lladd i, rydw i'n meddwl, oni
bai i'w fam ddweud yn reit siarp wrtho fo am eistedd i
lawr. Mi fu'n annifyr efo fi wedyn drwy'r pnawn, fel yr
oedd o ers talwm cyn iddo fo ddechrau callio.

Mae'n rhaid imi ddweud ei bod hi'n braf gweld Tracy
a Nerys yn chwerthin tipyn er mai am fy mhen i roedden
nhw'n gwneud. Mae'r ddwy wedi bod â'u pennau yn eu
plu y dyddiau diwetha 'ma. Rydw i'n deall beth sy'n bod
ar Nerys ond fedra i ddim meddwl beth sy'n poeni
Tracy. Does 'na ddim hwyl i'w gael o gwbwl efo hi.
Efallai'i bod hi'n benisel am ei bod hi'n cael y wers
breifat gan Parri bach nos Fawrth. Mi fasai meddwl am
dreulio awr ar fy mhen fy hun efo hwnnw yn codi'r felan
arnaf innau hefyd.

Beth bynnag, cwmni diflas iawn oedd Tracy a Nerys y pnawn 'ma, heb sôn am y Gareth hyll. Mi dreuliais i'r rhan fwya o'r amser yn sgwrsio efo Mr a Mrs Morgan. O! maen nhw'n bobol glên. Mae gwaith Mr Morgan yn dod i ben ymhen mis ond roedd o'n reit ffyddiog y basai fo'n cael rhywbeth arall cyn hir.

'Ac os na ddaw 'na ddim byd, mi arhosa i adra am sbel i gadw tŷ', meddai fo. 'Wneith o ddim drwg imi.'

Mi fasai Mam wrth ei bodd yn ei glywed o'n siarad.

Dydd Mawrth, Medi 7

Damia a dratia! Sut medrwn i fod wedi bod mor ddwl? Roedd Tracy'n mynd i dŷ Parri bach i gael gwers am saith o'r gloch heno ac mi driodd hi a Mam a Dad eu gorau glas i'm perswadio i i fynd efo hi. Poeni am fy marciau arholiad i roedd Mam a Dad ond poeni amdani hi ei hun roedd Tracy.

'Dere 'da fi,' meddai hi. 'Mae Nerys yn gweud ei fod e'n hen ddyn brwnt.'

Ond gwrthod wnes i. Mae'n ddigon drwg gorfod dioddef gweld y mwnci yn yr ysgol heb fynd ato fo gyda'r nos hefyd. O! pam na faswn i wedi mynd? Pan ddaeth Tracy'n ôl mi ddeudodd hi ei bod hi wedi gweld Jean, dim ond am funud, mae'n wir, ond mi fasai cael ei weld o am eiliad yn fy ngwneud i'n hapus. Roedd o'n eistedd yn cael paned efo Parri bach pan gyrhaeddodd Tracy ac mi wenodd arni hi a chodi a mynd allan er mwyn i'r wers gael dechrau. Peth rhyfedd na fasai fo wedi gofyn i Tracy ddod â neges i mi ond mae'n siŵr na chafodd o ddim amser i feddwl. Roedd y wers yn ofnadwy, meddai Tracy — roedd rhaid iddi ddarllen rhywbeth anhygoel o ddiflas ac wedyn ateb cwestiynau amdano fo. Ych â fi! Ond mi faswn i wedi dioddef hynna hyd yn oed er mwyn cael gweld Jean.

Dydd Sul, Medi 12

Rydw i wedi bod yn teimlo'n rhy ddiflas i sgwennu yn y dyddiadur 'ma ers dyddiau. Er fy mod i wedi trio fy ngorau i roi cyfle i Jean ofyn imi fynd allan, wnaeth o ddim. Mi fûm i'n loetran ar y coridor, yn sefyllian wrth ddrws stafell yr athrawon ac yn cynnig mynd â negeseuon dros Cadi Cwc a Pharri bach a phawb, ond heb ddim lwc. Mi welais i o ambell waith ond roedd o efo rhywun arall bob tro. Wrth gwrs, rydw i'n sylweddoli bod rhaid inni gadw'n cariad yn gyfrinachol ond rydw i'n teimlo bod Jean yn mynd dros ben llestri braidd. Mi fedrai roi winc imi weithiau neu gydio yn fy mraich i wrth fynd heibio heb i neb amau dim, ond dydi o ddim wedi cymaint â gwenu arna i ers dydd Mercher ac mae hynny oesoedd yn ôl.

O! mae bywyd yn ddiflas! Mae Mam a Dad yn mynd trwy gyfnod o 'ryfel oer' ac mae hynny'n waeth na phan maen nhw'n cael 'sgwrs'. Dad sydd wedi darganfod bod Mam a Parri bach yn trefnu cadwyn o bobol o gwmpas y byncar neu'r 'byncar honedig' ddydd Sadwrn nesa. Mae o o'i go. Mi fydd ei le fo'n annifyr iawn yn y Cyngor Sir, meddai fo, ond dydi Mam yn gwrando dim arno fo.

'Dy wraig di ydw i, nid dy bwdl di,' meddai hi. 'Mi wna i fel mynna i.'

Mae tymer ofnadwy wedi bod ar Dad byth ers hynny. Mi clywa i o rŵan wrthi'n dyrnu'r *punch-bag* newydd mae o wedi'i hongian yn y stafell fyw. Mae o (Dad, nid y *punch-bag*) yn gwneud rhyw sŵn griddfan bach efo pob ergyd ac mae o'n swnio'n ffyrnig ofnadwy.

Does gen i ddim byd i'w wneud. Mae Tracy wedi'i chau ei hun yn ei llofft fel y bydd hi bob noson rŵan, ac mae Mam wedi mynd allan i ryw bwyllgor neu'i gilydd. Mi driais i edrych ar y teledu am dipyn ond roedd *punch-bag* Dad ar y ffordd a phrun bynnag doedd 'na ddim byd gwerth ei weld. O! mae hi'n ddiflas yma! Ar wahân i sŵn Dad yn dyrnu, mae'r tŷ 'ma'n hollol ddistaw. O! mi leciwn i taswn i'n byw efo Jean mewn tŷ bach to gwellt efo rhosod rownd y drws.

Hei! Rydw i newydd gael syniad ffantastig! Mi ddcuda i wrth Mam a Dad fy mod i wedi ailfeddwl ynglŷn â chael gwersi gan Parri bach. Mi fyddan nhw'n falch iawn o glywed, rydw i'n siŵr, ac mi ga i fynd efo Tracy nos Fawrth ac efallai y ca i weld Jean. Mae Rhiannon a Judith wedi clywed si ei fod o'n rhannu tŷ efo Parri bach ac os ydi hynny'n wir, mae 'na siawns dda y bydd o yno. Mae Rhiannon a Judith a'r lleill yn meddwl ei bod hi'n ddoniol iawn bod Tracy'n cael gwersi preifat efo Parri. Mi fuon nhw'n tynnu arni hi drwy'r wythnos, yn ei rhybuddio hi i wylio blew ei drwyn o a phethau felly.

'Gwatsia di dy hun, mae'r dyn yn secs maniac,' meddai Judith ond wnaeth Tracy ddim byd ond rhoi rhyw hanner gwên gam. Wnaeth Nerys ddim ymuno yn yr hwyl chwaith. Wnaeth honno ddim byd drwy ddydd Iau a dydd Gwener ond darllen ac ailddarllen y llythyr gafodd hi gan Justin. Mae'n neis gweld rhywun yn hapus.

Does gen innau ddim achos i fod yn ddigalon chwaith, a dweud y gwir. Rydw i'n gwybod fod Jean yn fy ngharu i ac mai methu cael cyfle i ddweud hynny mae o. Mi ro i gyfle iddo fo. Mi a' i efo Tracy nos Fawrth ac mi wna i esgus i fynd allan o'r wers ac mi chwilia i drwy'r tŷ i gyd amdano fo. Mi fydd rhaid imi wisgo'n ddel a rhoi *make-up*. Mi olcha i fy ngwallt nos fory ac mi ro i finegr arno fo — mae hwnnw'n beth da at sglein, medden nhw. Mi dafla i'r paced o Mars brynais i'r pnawn 'ma hefyd a fwyta i ddim briwsionyn drwy'r dydd fory na dydd Mawrth.

Dydd Mawrth, Medi 14

Wel, weithiodd hynna ddim. Mi es i efo Tracy heno a phan gyrhaeddon ni dŷ Parri bach, pwy oedd yn dod allan drwy'r drws ond Jean a Hanna Meri. Mi wenodd Hanna'n ddel ar Tracy — mae hi'n meddwl y byd ohoni hi am fod mor dda efo chwaraeon — ond chymerodd hi ddim sylw ohonof i. Chymerodd Jean fawr o sylw chwaith, dim ond dweud, 'Wedi dod am eich gwers, genod?', yn union fel unrhyw athro canol-oed. Doedd o ddim yn edrych yn ganol oed chwaith. Roedd o'n gwisgo tracwisg las ac roedd y trowsus yn dynn, dynn am ei ben-ôl o. O! mae o'n bisyn! Fedrwn i yn fy myw ganolbwyntio ar wers Parri bach a doedd hi ddim yn hawdd cuddio hynny mewn dosbarth o ddwy. Roedd tymer ddrwg ar Parri ac roedd blew ei drwyn o'n gorwedd yn hollol lonydd fel tasen nhw wedi marw. Efallai'i fod o wedi blino ar ôl yr holl bwyllgorau sydd wedi bod yn ddiweddar.

Rôn i'n teimlo'n ofnadwy bod Jean efo Hanna Meri. Mae hi'n ddynes ddel eithriadol, os ydych chi'n lecio'r teip cyhyrog, ffit. Does 'na ddim bloneg arni hi o gwbwl ac rydw i'n siŵr nad ydi hi byth yn *edrych* ar Mars hyd yn oed. Roedd gen i ryw deimlad rhyfedd yn fy mol drwy'r wers, fel tasai rhywun wedi fy nharo i'n galed, ond mi ddois i deimlo'n well ar ôl cyrraedd adre a chlywed Dad yn dweud ei fod o wedi'u gweld nhw yn y Ganolfan Hamdden. Mae'n debyg bod y ddau wedi ymuno â'r Clwb Badminton ac rydw i'n siŵr mai dim ond dangos y ffordd i Jean roedd Hanna Meri, rhag ofn iddo fo fynd ar goll mewn lle dieithr. Yr unig beth, os ydi Jean wedi ymuno â'r clwb, mae hynny'n golygu na fydd o fyth yn y tŷ ar nos Fawrth. Ac mi fydd rhaid i mi ddioddef gwersi preifat Parri bach drwy'r tymor ac am y ddau dymor nesa hefyd efallai. Rydw i wedi gwneud llanast o bethau go iawn.

Dydd Mercher, Medi 15

Rydw i wedi penderfynu edrych yn bositif ar y sefyllfa. Does 'na ddim pwynt poeni heb drio *gwneud* rhywbeth. Dyna fydd Dad yn ei ddweud bob amser am ei iechyd a dyna fydd Mam yn ei ddweud hefyd pan fydd hi'n trafod dyfodol y byd, ac mae hi'n gwneud hynny'n aml ar y diân yn ddiweddar. Mae hi allan eto heno mewn pwyllgor byncar.

Rydw i wedi gwneud cynlluniau. Mi driais i eu dweud nhw wrth Nerys ar y ffordd o'r ysgol. Does dim pwynt trio dweud dim wrth Tracy y dyddiau yma, mae hi â'i phen yn ei phlu'n ofnadwy am ryw reswm. Doedd gan Nerys ddim llawer o amynedd gwrando arna i chwaith. Roedd hi wedi cael llythyr arall gan Justin y bore 'ma ac roedd hi'n hapus braf yn ei byd bach ei hun.

'Beth sy'n bod arnat ti'n gwirioni am ryw hen ddynion bob munud, Delyth Haf?' meddai hi'n ddigon siort. 'Trystan Jones gynta a rŵan y Siân 'ma. Pam na bigi di rywun dy oed dy hun?'

'Rydw i'n hogan rhy aeddfed i sbio ar ryw fabi fel Justin,' meddwn innau ond wnaeth hi ddim cynhyrfu dim. Roedd hi wedi anghofio amdana i'n barod, yn cerdded ymlaen efo rhyw wên wirion ar ei hwyneb ac yn anwesu'r boced lle'r oedd hi wedi cadw'r llythyr.

Mi gerddais innau ymlaen gan droi fy nghynlluniau rownd a rownd yn fy mhen. Yn y wers goginio'r bore 'ma ges i'r *brain-wave*. Roedden ni i gyd yn eistedd yn smalio gwrando ar Cadi Cwc yn rhygnu ymlaen am sut i gynllunio bwydlenni addas neu ryw rwtsh felly, ac rôn i'n manteisio ar y cyfle i drio meddwl am ffordd imi gael newid pynciau er mwyn cael mynd i'r dosbarth Ffrangeg. Mi ddaeth yr ateb imi fel fflach o'r nefoedd. Digwydd clywed Cadi Cwc yn dweud y geiriau *'Cordon Bleu'* wnes i ac mi sylweddolais i mai'r peth i'w wneud ydi argyhoeddi Bulldog fy mod i isio bod yn *French chef* a bod rhaid imi gael Ffrangeg. Yr unig anhawster ydi nad ydw i erioed wedi disgleirio yn y gwersi coginio a fasai

Cadi Cwc ddim yn ôl o ddweud hynny. Doedd dim ond un peth i'w wneud. Roedd rhaid imi wneud argraff ffafriol ar yr hen jadan a gorau po gynta. Mi ddechreuais i wrando arni hi a chyn pen dau funud mi welais i gyfle.

'Beth fasech chi'n ei roi i rywun sydd wedi bod yn dioddef efo'i stumog? Oes rhywun yn gwybod?' gofynnodd. Doedd hi ddim yn edrych i'm cyfeiriad i — mae'n amlwg nad oedd hi'n disgwyl imi wybod. A dweud y gwir, Alka-Seltzer oedd yr ateb cynta ddaeth imi ond rydw i'n medru meddwl yn sydyn pan mae rhaid, er mai fi sy'n dweud.

'Pwdin llefrith, Miss Morris,' meddwn i dros y lle. Mi drodd hi i edrych arna i a'i cheg yn agored fel tasai hi wedi gweld bwgan neu rywbeth.

'Wel da iawn, Delyth Davies,' meddai hi ar ôl iddi gael ei gwynt ati. 'Ardderchog wir.'

Wnaeth hi ddim pigo arna i o gwbwl am weddill y wers. Os dalia i ati i'w llyfu hi am ryw wythnos neu ddwy, rydw i'n siŵr y gwneith hi gefnogi fy nghais i am gael gwneud Ffrangeg. Mi ga i weld Jean bob diwrnod wedyn.

Rhan arall y cynllun ydi perswadio Mam i ofyn i Parri bach newid y wers breifat o nos Fawrth i ryw noson arall er mwyn i Jean fod yn y tŷ. Rôn i wedi bwriadu gofyn heno ond mae 'na awyrgylch annifyr iawn yma ar hyn o bryd. Efallai mai'r peth gorau ydi aros tan ar ôl y brotest byncar ddydd Sadwrn.

Hei! Rydw i newydd gael syniad anhygoel o ffantastig o briliant! Pan ga i ymuno efo'r dosbarth Ffrangeg, mi fydda i ymhell ar ôl y lleill ac mi fydd rhaid imi gael gwersi preifat! O haleliwia! Awr gyfan ar fy mhen fy hun efo Jean bob wythnos! Mae'n *rhaid* imi wneud argraff dda ar Cadi Cwc ddydd Gwener.

Dydd Iau, Medi 16

Rydw i'n poeni'n ofnadwy am Tracy. Mae rhywbeth mawr yn bod arni hi. Ddeudodd hi ddim bw na be wrth neb drwy'r dydd. Mae Rhiannon a Judith a'r lleill wedi sylwi — pawb ond Nerys — dydi honno'n gwneud dim ond darllen llythyr Justin dan y ddesg. Roedd y genod wrth eu boddau efo Tracy'r tymor diwetha. Roedd hi'n gwneud iddyn nhw chwerthin efo'i thriciau gwirion a'i chiamocs yn dynwared pobol.

'Beth sy'n bod arni hi?' gofynnodd Rhiannon amser cinio pan oedd Tracy wedi mynd i eistedd ar ei phen ei hun ym mhen pella'r cae. 'Ydi hi mewn cariad neu rywbeth? Mae hi'n edrych fel llo efo poen yn ei fol.' Roedd rhaid imi ei hamddiffyn hi. Wedi'r cwbwl, mae hi'n chwaer imi.

'Nac ydi siŵr. Ydach chi'n meddwl mai cael dyn ydi'r unig beth pwysig mewn bywyd?' meddwn i a cherdded i ffwrdd. Rôn i'n teimlo'n reit falch ohonof fi fy hun ac mi fasai Mam wrth ei bodd efo fi. Ond mae 'na rywbeth yn poeni Tracy a does gen i ddim syniad beth ydi o. Mi driais i holi'r pnawn 'ma, pan oedden ni mewn caffi yn y dre, ar ôl bod yn prynu darnau o gyw iâr ar gyfer y *coq au vin* y byddwn ni'n ei wneud yn y wers goginio fory. Roedd Mam wedi gwrthod eu prynu inni: dydi hi ddim yn credu mewn bwyta ieir diniwed, meddai hi. Felly, bu'n rhaid i Tracy a finnau fynd i'r dre ar ôl yr ysgol ac mi dreuliais i gymaint o amser yn dewis y darnau cyw gan ei bod hi'n dyngedfennol bwysig fy mod i'n cael hwyl ar eu coginio nhw, mi gollon ni'r bws. Mi fu'n rhaid i ni ffonio swyddfa Dad i ofyn iddo fo'n codi ni ar ei ffordd o'i waith, ac mi aethon ni i gaffi i aros amdano fo. Mi welais i fy nghyfle i holi Tracy ond ches i ddim gwybod dim. Mi ofynnais i oedd hi'n poeni bod pethau'n ddrwg rhwng Mam a Dad. Rôn i'n meddwl efallai'i bod hi'n teimlo iddi hi gael cam yn cael ei hanfon at deulu od fel ni ac y basai'n well ganddi hi fod wedi mynd at rywun arall sy'n darllen y *Guardian*.

'Paid â siarad dwli,' meddai hi. 'Wy'n meddwl y byd o dy fam a dy dad ac maen nhw bob amser yn garedig i fi.'

Mae hynny'n wir, erbyn meddwl. Maen nhw'n ddigon clên efo fi hefyd. Dim ond efo'i gilydd maen nhw'n annifyr. O! mi leciwn i tasai Dylan yn dod adre o America. Mae'r 'rhyfel oer' yma rhwng Mam a Dad wedi para am hydoedd erbyn hyn ond fedra i ddim siarad am y peth efo neb. Beth ydi'r iws cael chwaer os nad ydi hi byth yn dweud gair o'i phen?

Dydd Sadwrn, Medi 18

Bois bach, am ddiwrnod! Yn y wers goginio pnawn ddoe y dechreuodd y peth. Rôn i wrthi'n brysur yn paratoi fy *coq au vin* ac yn canolbwyntio fel wn i ddim beth rhag imi wneud camgymeriad. Mi sylwais i o gornel fy llygaid ar Tracy'n cario desgl o'r cwpwrdd. Wrth iddi hi ei rhoi hi ar y bwrdd, mi lithrodd o'i gafael hi rywsut a disgyn ar y llawr a malu'n deilchion. Ac mi ddechreuodd

Tracy grio. Nid rhyw grio bach distaw ond storm o grio go iawn nes bod pawb yn y stafell yn sefyll yn stond ac yn edrych a'u cegau'n agored.

Mi es i ati a rhoi fy mraich am ei hysgwyddau hi ond fedrwn i mo'i chael hi i stopio. Roedd hi'n gwneud sŵn ofnadwy, fel ci'n udo. Roedd o'n gyrru iasau i lawr fy nghefn i ac rôn i'n teimlo fel tasai'r gwallt yn sefyll ar fy mhen i. Mi anfonodd Cadi Cwc rywun i nôl Bulldog ac mi aethon ni'n tri − Bulldog, Cadi a finnau − â Tracy i'r stafell cymorth cynta sydd, drwy lwc, drws nesa i'r stafell goginio. Tasen ni wedi gorfod mynd â hi i lawr y coridor mi fasai'r ysgol i gyd wedi dod allan o'u stafelloedd i sbio arni hi. Mi roddon ni hi i orwedd ar y gwely ond roedd hi'n ei thaflu'i hun o gwmpas ac yn dal i udo. Mi ofynnodd Cadi a Bulldog i Tracy beth oedd yn bod ond doedd hi ddim fel tasai hi'n eu clywed nhw. Fedrwn i ddim helpu chwaith. Doedd gen i ddim syniad beth oedd yn bod arni hi. Mi acth Bulldog allan i ffonio wedyn a chyn pen dim mi ddaeth Mam, a doctor yn syth ar ei hôl hi. Meddyg ifanc oedd o ac mae'n amlwg nad oedd o ddim yn credu mewn rhoi tabledi.

'Mae rhywbeth yn ei phoeni hi,' meddai fo fel tasai neb arall wedi sylwi ar hynny. 'Gadael iddi hi ei gael o allan ydi'r gorau.' Ac i ffwrdd â fo.

Mi lwyddodd Mam a finnau i gael Tracy i'r car ac wedyn i'r tŷ ac mi ffoniodd Mam Dad i ddod adre'n syth. Fedren ni wneud dim efo Tracy. Mi fu hi wrthi drwy'r nos a'r rhan fwya o'r bore 'ma. Weithiau, roedd hi fel tasai hi'n blino'i hun ac yn tawelu ond cyn gynted ag roedden ni'n gofyn rhywbeth, roedd hi'n dechrau eto. Mi ges i f'anfon i'r gwely tuag un ond mi fu Mam a Dad

efo Tracy drwy'r nos. Roedden nhw'n poeni'n ofnadwy
— roedd hynny'n amlwg — achos am y tro cynta ers
oesoedd wnaeth Dad ddim math o ymarferion ac mi
benderfynodd Mam beidio â mynd i'r brotest byncar a
hithau wedi bod mor brysur yn ei threfnu hi.

Erbyn tua deg o'r gloch y bore 'ma, roedd Tracy wedi
crio cymaint ag y mae'r rhan fwya o bobol yn 'i grio
mewn oes, ac mi ddechreuodd hi siarad. Mae hi'n lecio
byw efo ni, meddai hi, a does 'na ddim byd wedi
digwydd i'w gwneud hi'n anhapus ond mae hi'n teimlo'n
od pan ydyn ni'n siarad am bethau ddigwyddodd pan ôn
i'n fach.

'Does dim enaid yn fy nghofio i'n groten fach,' meddai
hi ac mi ddaeth allan wedyn bod ganddi hiraeth ofnadwy
am Anti Bet. Mi addawodd Dad y basai fo'n ffonio'r
cartre yn Llundain ddydd Llun ac y basai Tracy'n cael
mynd i weld Anti Bet, hyd yn oed tasai hi wedi symud i
Batagonia. Mi wenodd Tracy pan ddeudodd o hynna ac
mi ddechreuodd siarad am bethau ddigwyddodd yn y
cartre ac am yr amser pan oedd hi'n byw efo'i nain, er
nad ydi hi'n cofio llawer am hynny. Roedd hi'n amlwg ei
bod hi isio siarad a rydw i'n meddwl ein bod ni wedi bod
ar fai na fasen ni wedi'i holi hi'n fwy cyn hyn. Roedden
ni'n meddwl ei bod hi'n well peidio â sôn am ei
gorffennol hi a dim ond unwaith, yn Llydaw, rydw i wedi
gwneud.

Ond roedd Tracy'n well o lawer ar ôl cael siarad.
Erbyn chwech, roedd hi wedi ymlâdd. Mi aeth hi i'r
gwely ac mi eisteddodd Mam wrth ei hochor hi nes iddi
gysgu. Wedyn, mi gafodd Mam a Dad a finnau sgwrs am
y peth — sgwrs go iawn, am unwaith. Mi benderfynon ni

bod rhaid inni fod yn ofalus iawn sut ydyn ni'n trin Tracy o hyn ymlaen. Mi ddylen ni fod wedi sylweddoli hynny ynghynt ond, tan yn ddiweddar iawn, roedd hi'n ymddangos mor hapus.

Iesgob, rydw i wedi blino! Dydw i ddim wedi cael dim amser i feddwl am fy nghynlluniau i i weld mwy o Jean. Mae'n debyg bod fy *coq au vin* i'n dal yn stafell Cadi Cwc, ac yn drewi erbyn hyn, mae'n siŵr. Mi a' i yno ben bore Llun cyn i'r gloch ganu, i gynnig clirio. Mi blesith hynny yr hen gnawes.

Dydd Llun, Medi 20

Mae fy nghynlluniau i'n gweithio'n grêt. Dydw i ddim am oedi dim mwy. Fory mi a' i i ofyn i Bulldog ga i wneud Ffrangeg.

Mi es i i'r stafell goginio y bore 'ma, a phwy oedd yno'n cael paned, cyn i'r gloch ganu, ond Parri bach, Hanna Meri a Jean! Roedden nhw i gyd yn arbennig o glên efo fi, yn holi'n arw am Tracy. Ac mi ddeudodd Cadi Cwc wrtha i am beidio â phoeni am y *coq au vin*. Roedd hi wedi'i glirio fo.

'Roedd gynnoch chi ddigon ar eich plât, yn doedd Delyth,' meddai hi ac mi wnaeth y lleill sŵn cydymdeimlo yn eu gyddfau. Chwerthin wnaethon nhw pan ddeudodd Parri bach ei fod o isio newid y wers breifat o nos Fawrth i ryw noson arall er mwyn iddo fo gael mynd i'r Clwb Badminton.

'I gael gwared o dipyn o hwn,' meddai fo gan bwnio'i fol cwrw mawr nes ei fod o'n ysgwyd fel jeli. Fedrwn i

71

ddim coelio fod pethau'n disgyn i'w lle mor hwylus imi. Rydw i'n siŵr fod Jean wedi perswadio Parri bach i fynd i'r Clwb Badminton er mwyn iddo fo newid noson y wers. Mi fydd o'n saff o drefnu i fod yn y tŷ pan fydda i'n mynd yno rŵan. O! roedd gwybod ei fod *o*'n cynllunio i'm gweld *i* yn gwneud imi deimlo'n gynnes braf. Ac i wneud fy myd i'n wynnach fyth, mi gododd a dod ar fy ôl i pan adewais i'r stafell.

'Wnewch chi ddeud wrth Tracy 'mod i'n holi amdani hi,' meddai fo'n ddistaw, 'ac os oes 'na rywbeth y medra i 'i neud i helpu...' Dim ond rhyw fodfedd oedd rhwng ei wefusau fo a'm clust i ac rydw i'n gwybod i sicrwydd ei fod o'n cael ei demtio i roi sws iddi hi. Mae gen i glustiau bach del, er mai fi sy'n dweud. O Jean! Rydw i'n gwybod fod popeth yn mynd i fod yn iawn i ni.

Mae Tracy'n well heddiw. Mi arhosodd hi gartre o'r ysgol ond mi fydd hi'n iawn i fynd fory, meddai Mam. Mae hi'n fwy tebyg iddi hi'i hun o lawer.

Dydd Mawrth, Medi 21

Wn i ddim beth i'w wneud nesa. Dydi'r ymgyrch i gael gweld mwy ar Jean ddim yn mynd yn dda o gwbwl. Mi godais i ddigon o blwc i fynd i weld Bulldog y bore 'ma ond chymerodd hwnnw ddim affliw o sylw ohonof i, er imi egluro'n fanwl bod Ffrangeg yn hollol angenrheidiol i ferch sydd isio bod yn *French chef*.

'Ewch yn ôl i'ch dosbarth, Delyth,' meddai fo'n ddigon swta, 'a gweithiwch ar y pynciau rydach chi wedi'u dewis. Doedd eich adroddiad diwetha chi ddim yn foddhaol o gwbwl.'

Y mwnci caled! Fu o erioed mewn cariad, mae'n rhaid. Sut medra i weithio a'm calon i'n torri? Sut medra i ganolbwyntio ar wersi pan ydw i'n gweld wyneb Jean o flaen fy llygaid bob munud? Rôn i'n teimlo'n ddigalon ofnadwy a fedrwn i ddim gwenu ar Trystan Jones pan welais i o ar y coridor ar fy ffordd o stafell Bulldog. Mi wenodd o a gofyn: 'Hei! Beth sy'n bod arnat ti?' ond doedd gen i ddim amynedd siarad efo fo. 'Tydi bywyd yn od? Ychydig yn ôl, mi faswn i wedi rhoi'r byd mawr crwn am gael dweud fy nhrallodion wrtho fo. Ond fedra i feddwl am neb ond Jean rŵan.

Dydd Iau, Medi 23

Hei! Mae pethau ar i fyny! A dweud y gwir, mae pethau'n ffantastig o berffaith. Heddiw, mi ddaeth Jean ata i i siarad. Do wir, mi ddaeth ata i! Mi gawson ni sgwrs iawn, ac rôn i'n medru dweud ar ei lygaid o y basai fo wedi gafael amdana i oni bai bod rhaid iddo fo gofio'i urddas fel athro. Eistedd yn y stafell ddosbarth yr oedd Tracy, Nerys a finnau. Roedd hi'n amser chwarae ac roedd pawb arall wedi gorfod mynd allan ond roedd Trystan Jones, oedd ar ddyletswydd heddiw, wedi gadael llonydd i ni'n tair. Mae pawb yn yr ysgol yn hynod o glên efo ni'r wythnos yma − maen nhw'n trin Tracy fel tasai hi'n dioddef o ryw afiechyd ofnadwy.

Dyna lle'r oedden ni'n eistedd a tasai rhywun yn gofyn i mi pa un oedd y fwya digalon, fedrwn i ddim ateb. Rôn i, wrth gwrs, yn meddwl am Jean, roedd Nerys yn poeni nad ydi hi wedi cael llythyr gan Justin yr wythnos yma ac roedd Tracy'n hiraethu am Anti Bet. Mae Dad wedi treulio oriau ar y ffôn efo gwahanol bobol yn Llundain, ac mi fydd bil y Cyngor Sir yn anferthol, meddai fo, ond does neb yn gwybod lle mae Anti Bet rŵan, dim ond ei bod hi wedi symud i Gymru ar ôl ymddeol.

Roedd Tracy'n ddigalon, ond mae hi'n well o lawer rŵan ei bod hi'n medru siarad am y peth. Roedd Nerys a finnau'n ddigon anhunanol i sylweddoli bod poen Tracy'n fwy o lawer na'n poen ni er mor ofnadwy ydi hwnnw, ac roedden ni'n gwneud ein gorau i'w chysuro.

'Mi fedrwch chi hysbysebu yn y papur,' cynigiodd Nerys.

'Ia, neu ofyn i Hywel Gwynfryn neu Gari Williams sôn am y peth ar y radio,' meddwn innau.

'Gwerthu pethau mae Gari Williams, stiwpid!' meddai Nerys a rhoi cic i mi dan y ddesg. Fedrwn i ddim deall beth oedd yn bod arni hi nes imi droi a gweld Jean yn dod i mewn i'r stafell. Mi ddaeth o aton ni ac mi arhosodd am bum munud o leia, yn siarad yn glên. Roedd o'n arbennig o annwyl efo Tracy, yn ei phryfocio hi ac yn gwneud iddi hi chwerthin. Chwarae teg iddo fo am gymryd diddordeb yn fy nheulu i. Mae hynny'n dangos ei fod o mewn cariad efo fi o ddifri. Mae'n amlwg ei fod o isio cael ei draed dan bwrdd. O! rydw i'n teimlo'n hapus heno!

Dydd Llun, Medi 27

Heddiw, mi ddigwyddodd rhywbeth ffantastig. Mi gysga i'n hapus braf heno a breuddwydio am dreulio fy mywyd efo Jean — nid mewn tŷ to gwellt chwaith, erbyn meddwl. Mi fasai'n rhaid inni fynd i Loegr i gael un o'r rheiny ac er nad ydw i gymaint yn eu herbyn nhw ag y mae Tracy, faswn i ddim isio byw yng nghanol Saeson. Na, rydw i'n meddwl mai setlo yn Llydaw wnawn ni. Mi fasai Jean wrth ei fodd yn byw yno. Mi ddeudodd o hynna wrtha i heno. O! mae'n braf teimlo'i fod o'n medru sôn am ei ddyheadau efo fi.

Yn y tŷ lle mae o a Parri bach yn byw y gwelais i o. Mae gwers breifat Tracy a finnau ar nos Lun rŵan ac mi aethon ni'n gynnar heno — nid am ein bod ni isio mwy o gwmni Parri bach ond am fy mod i'n gwybod yn iawn ei fod o mewn cyfarfod efo Mam ac na fasai fo ddim adre tan saith. Jean agorodd y drws inni. Mi ofynnodd inni fynd i mewn ac mi gynigiodd baned. Ac wedyn, mi eisteddodd i lawr i sgwrsio. Mi gawson ni'r hanner awr fwya eithriadol o anhygoel o hyfryd nes cyrhaeddodd Parri bach tua chwarter wedi saith, yn chwys domen a'i fol cwrw anferthol o'n ysgwyd ar ôl iddo fo redeg. Dydi'r badminton ddim wedi gwneud dim mymryn o les iddo fo, hyd y gwela i.

Mi fu'n rhaid i Jean fynd wedyn, wrth gwrs, ac rydw i'n gwybod, yn berffaith, berffaith sicr bod yn gas ganddo fo fy ngadael i. Mi glywais i o'n mynd i fyny'r grisiau ac wedyn, ar ôl tipyn, mi glywais i sŵn dŵr yn rhedeg i'r bath. Rôn i'n eistedd yn fan'no a llais Parri bach yn mynd ymlaen ac ymlaen, ond dôn i'n gwrando dim arno fo. A dweud y gwir, rôn i'n teimlo'n ddigon rhyfedd yn dychmygu Jean yn y bath a dim ond nenfwd y stafell rhyngddo fi a fo. Yn sydyn, mi ges i bwniad yn fy ochor gan Tracy. Roedd Parri bach wedi gofyn rhywbeth imi ac roedd o'n edrych yn flin am nad ôn i'n ateb.

'Y?' meddwn i yn fy Nghymraeg gorau ac mi ofynnodd ei gwestiwn eto.

'Fedrwch chi ddeud wrtha i, Delyth,' meddai fo gan gnoi'i wefusau fel mae o pan mae o'n trio bod yn amyneddgar a chofio'i fod o'n erbyn trais, 'fedrwch chi ddeud wrtha i beth ydi ystyr y gair "tindroi"?'

Mi edrychodd Tracy a finnau ar ein gilydd ac mi ddechreuon ni'n dwy bwffian chwerthin. Mi gymerais i fy ngwynt a chau fy ngheg yn dynn i drio stopio ond fedrwn i ddim. Fedrai Tracy ddim chwaith a'r peth nesa roedden ni'n dwy'n gweiddi chwerthin dros y lle. Mi gochodd Parri bach at ei glustiau ac mi sylwais i bod blew ei drwyn o'n dawnsio o gwmpas. Rôn i'n hanner gobeithio y basai Jean yn clywed y sŵn ac yn dod i lawr efo lliain bach am ei ganol.Ond wnaeth o ddim ac, erbyn meddwl, rydw i'n eitha balch o hynny. Wedi'r cwbwl, rydw i isio iddo fo feddwl fy mod i'n hogan aeddfed, gall, yn hŷn o lawer na fy oed. Blwyddyn i rŵan mi fydda i'n un ar bymtheg, yn ddigon hen i briodi ac wedi gadael yr ysgol efo tipyn o lwc. O! gobeithio y gwneith o aros amdana i!

Dydd Mercher, Medi 29

O! wn i ddim beth i'w feddwl. Un munud rydw i'n teimlo ar ben y byd a'r munud nesa rydw i fel taswn i wedi syrthio i lawr i waelod rhyw bwll tywyll. Beth ar y ddaear sy'n bod ar Jean? Rydw i'n gwybod ei fod o'n swil − dyna un o'r pethau rydw i'n lecio amdano fo − ond nefoedd, mae isio defnyddio rhywfaint o reswm hefyd! Roedd o mor glên nos Lun, yn siarad am fyw yn Llydaw a bob dim, ond heddiw mi wnaeth o f'anwybyddu fi'n llwyr. Mi ddaeth o i mewn i'r stafell goginio pan oedden ni wrthi'n gwrando ar Cadi Cwc yn mynd drwy'i phethau. 'Cyfrifon Cadw Tŷ' oedd ei phwnc hi heddiw ac roedd hi'n anhygoel o ddiflas yn siarad am 'wariant' ac 'incwm' a phethau felly.

'Beth sy haru'r ddynes?' meddai Nerys dan ei gwynt wrtha i. 'Fflat neu dŷ cyngor fydd y rhan fwya ohonon ni'n ei redeg, nid Marks and Spencers!' Mae hi'n sensitif ofnadwy pan mae pobol yn siarad am bres y dyddiau yma, gan fod ei thad hi ar y dôl rŵan. Rôn i ar fin dweud rhywbeth clên i godi'i chalon hi ond cyn imi gael cyfle mi agorodd y drws ac mi ddaeth Jean i mewn. Am un funud berffaith, rôn i'n meddwl ei fod o wedi dod i chwilio amdana i ond, cyn gynted ag y gwelodd hi o, mi dorrodd Cadi Cwc ar draws ei pherorasiwn i estyn pâr o drowsus o'i bag. Mi fu bron imi lewygu. Rôn i'n 'nabod y trowsus yn iawn − mae Jean yn ei wisgo fo i'r ysgol yn aml. Rôn i'n methu deall beth roedd ɔ'n ei wneud ym mag Cadi Cwc ac mi es i i deimlo'n reit sâl wrth feddwl bod Jean wedi aros yn ei thŷ hi neithiwr ac wedi dod oddi yno hebddo fo. Ond mi glywais i Cadi'n dweud, 'Dyma chi,

77

dydi'r rhwyg ddim yn dangos o gwbwl rŵan,' ac mi sylweddolais i mai wedi'i drwsio iddo fo roedd hi. Diolch byth!

Rôn i'n teimlo'n well wedyn, er y buasai'n well gen i iddo fo ofyn cymwynas gen i na gan Cadi. Oni bai ei bod hi mor hen ac mor hyll, mi faswn i'n dechrau poeni. A dweud y gwir, *rydw* i'n poeni dipyn bach, bach. Ddeudodd Jean ddim gair wrtha i yn y stafell goginio, dim ond diolch i Cadi a mynd allan. Rydw i'n gwybod bod rhaid iddo fo fod yn ofalus ac rydw i'n dechrau sylweddoli y bydd rhaid inni aros nes bydda i wedi gorffen yn yr ysgol cyn mynd allan efo'n gilydd yn iawn, ond does dim rhaid iddo fo fod mor oeraidd efo fi. Fedra i ddim dioddef llawer mwy o hyn.

Dydd Iau, Medi 30

Rydw i'n teimlo mor unig. Fasai waeth imi fod yn byw ar ben rhyw fynydd ddim, neu mewn pabell yng nghanol y Sahara. Does gan neb ddiddordeb ynof fi. Fasai waeth imi fod yn blentyn amddifad — rydw i'n siŵr y baswn i'n cael mwy o sylw wedyn. Beth ydi'r pwynt cael teulu os ydi'ch mam chi mewn pwyllgor, eich tad chi'n chwarae sboncen, eich brawd chi yn America a'ch chwaer chi wedi'i chau ei hun yn ei llofft? Does 'na 'run ohonyn nhw isio gwrando arna i'n dweud fy nghwyn.

Taswn i'n bod yn onest, dydw i ddim yn meddwl y medrwn i ddweud wrth Mam a Dad am Jean, hyd yn oed tasai ganddyn nhw amser i wrando. Go brin y baswn i'n cael fawr o gydymdeimlad. Ddylwn i ddim bod yn rhy flin efo Tracy chwaith. Wedi'r cwbwl, mae ganddi hi ei phoen ei hun. Mi wnaeth hi gyfaddef wrth Nerys a finnau amser cinio ei bod hi'n dal i hiraethu'n ofnadwy am Anti Bet ac yn dechrau teimlo'n ddigalon eto achos, er bod Dad wedi rhoi hysbysebion ym mhob math o bapurau ddiwedd yr wythnos ddiwetha, does 'na'r un ateb wedi dod. Ddeudodd Dad ddim ar y pryd ei fod o'n hysbysebu — roedd o am roi syrpreis i Tracy, meddai fo — ond mi ddaeth y peth allan amser brecwast y bore 'ma. Fo oedd wedi gwneud y siopa ddoe a doedd o wedi prynu dim ond papur lle chwech a ffrwythau gan ei fod o ar *Banana Diet* yr wythnos yma. Roedd Mam o'i cho — mae hi'n mwynhau tôst i frecwast.

'Chdi ydi'r dyn mwya hunanol imi ei gyfarfod erioed, ac mae hynny'n dweud rhywbeth,' meddai hi. 'Dwyt ti byth yn meddwl am bobol eraill.'

Dyna pryd y broliodd Dad ei fod o wedi anfon i'r papurau ac, a dweud y gwir, rydw i'n meddwl ei fod o'n edifar iddo fo ddweud achos mi aeth Tracy'n ddistaw, ddistaw ac mi fedren ni i gyd weld bod sglein rhyfedd yn ei llygaid hi. Mi ddeudodd Mam wrtha i heno, cyn rhuthro allan, ei bod hi'n poeni amdani hi braidd.

Mi fasai'n dda gen i tasai rhywun yn poeni amdana i. Mi driais i gael cydymdeimlad gan Nerys amser cinio, ond mae honno yn ei byd bach ei hun. Mi gafodd hi lythyr arall gan Justin ddoe a byth ers hynny mae hi'n mynd o gwmpas a rhyw olwg slopi ar ei hwyneb. Dydi bod mewn cariad ddim yn effeithio ar ei gwaith ysgol hi chwaith. Dydw i erioed wedi'i gweld hi'n gweithio mor galed. Mae 'na beryg iddi hi gael enw o fod yn llyfwr yn yr ysgol. Mae'i llaw hi i fyny mor aml i ateb cwestiynau, wn i ddim sut nad ydi hi'n cael cramp yn ei braich.

'Mi ddylet ti fod mewn hysbyseb, *"That's what your right arm's for!"* ' meddwn i wrthi hi, yn y wers Gymraeg.

'Yli,' meddai hi, 'ella y medri di fforddio gwastraffu amser a byw ar dy rieni. Fedra i ddim. Mae'n rhaid imi wneud yn dda er mwyn cael swydd saff.'

'Fel beth?' meddwn innau. 'Yr unig bobol efo swyddi saff y dyddiau yma ydi'r bobol sy'n gwneud bomiau.' Mi gaeodd hynna'i cheg hi. Rôn i'n reit falch ohonof i fy hun ac rôn i'n edifar na faswn i wedi siarad yn ddigon uchel i Parri bach fy nghlywed i. Mi faswn i'n siŵr o fod wedi cael marc neu ddau ychwanegol am hynna.

Ond dydi bod yn ffraeth ac yn barod fy nhafod ddim yn help o gwbwl imi efo Jean. Dydi o byth yn cael cyfle i'm clywed i'n siarad a fedra i yn fy myw feddwl am rywbeth i'w wneud i wella'r sefyllfa. Mi fûm i'n meddwl y dylwn innau roi hysbyseb yn y papur ond faswn i ddim isio i bawb yn yr ardal ddarllen am fy nheimladau i. Y peth gorau, erbyn meddwl, fasai sgwennu nodyn bach at Jean a'i sgwennu o yn Ffrangeg rhag i rywun arall ei weld o. Ben bore fory, mi a' i i stafell Dylan i chwilio am ei eiriadur o.

Dydd Gwener, Hydref 1

Mi gyrhaeddodd Dylan adre'n hwyr heno — heb Rosemary, diolch byth — er ei fod o'n sôn amdani bob tro roedd o'n agor ei geg. Doedden ni ddim yn ei ddisgwyl o a dim ond galw mae o, mewn ffordd, gan fod rhaid iddo fo fynd yn ôl i'r coleg fore Llun. Mi ddaeth o ata i i'r llofft i ddweud 'Nos Da' ac, wrth gwrs, mi welodd ei eiriadur Ffrangeg ar fy ngwely fi. Mi gydiodd ynddo fo a beth syrthiodd allan ond y nodyn y bûm i'n bustachu am ddwy awr y bore 'ma i drio'i sgwennu. Mi ges i drafferth ofnadwy a wnes i ddim gorffen. Rôn i'n bwriadu mynd ati eto heno.

Pan welodd Dylan y nodyn, mi fu bron iddo fo fyrstio'i fol yn chwerthin. Rôn i'n meddwl fy mod i wedi cael eitha hwyl arni. Rôn i wedi sgwennu:

'Le belle Jean par votre ami à Kemper. Cherie, je adorez vous pour jamais et...'

Ymhen tua hanner awr, ar ôl iddo fo stopio chwerthin, mi driodd Dylan ei orau i gael gwybod i bwy oedd y neges. Mi ddeudais i wrtho fo mai jôc oedd o ac ar ôl iddo fo fynd, mi roddais i'r nodyn yn y fasged. Wn i ddim beth wna i nesa.

Dydd Sul, Hydref 3

Ches i ddim amser i feddwl am Jean na neb arall dros y Sul achos mi fuon ni i gyd yn ofnadwy o brysur. Amser brecwast bore ddoe mi ddechreuodd Dylan holi Tracy am Anti Bet. Mae'n rhaid bod Mam a Dad wedi dweud wrtho fo'n bod ni'n trio cysylltu efo hi ac roedd o'n benderfynol o helpu. Roedd o'n union fel ditectif yn holi. Mi ofynnodd o i Tracy o lle'r oedd Anti Bet yn dod achos, yn aml iawn, meddai fo, mae pobol yn ymddeol i'r lle cawson nhw eu magu. Doedd Tracy ddim yn cofio enw'r lle ond roedd hi'n cofio bod Anti Bet yn sôn am eglwys fawr. Doedd hynny ddim llawer o help, wrth gwrs — mae'n siŵr bod 'na filoedd o eglwysi yng Nghymru — ond doedd 'na ddim stopio ar Dylan.

'Oedd Anti Bet yn cerdded i'r eglwys pan oedd hi'n hogan fach?' gofynnodd a nodiodd Tracy. Roedd hi wedi cau'i llygaid yn dynn, dynn ac roedd hi'n tynnu'r stumiau mwya dychrynllyd wrth drio cofio.

'Wel,' meddai Dylan wedyn, 'wyt ti'n cofio beth ddeudodd hi am y ffordd i'r eglwys?'

Mi fu 'na ddistawrwydd hir wedyn ac mi agorais i fy ngheg i ofyn sut dŵr oedd ar yr eglwys. Rôn i'n meddwl bod hynny'n gwestiwn digon call ond 'Taw! Paid â thorri ar draws! Mae Tracy'n meddwl,' ges i gan Dylan. Mi eisteddon ni i gyd yn ddistaw wedyn. Roedd arna i ofn symud ac rôn i bron â chyffio pan ddeudodd Tracy o'r diwedd ei bod hi'n cofio Anti Bet yn sôn am risiau'n mynd i lawr at yr eglwys.

'Tyddewi!' meddai Dylan yn syth. 'Rŵan 'ta, Tracy. Meddylia. Beth oedd cyfenw Anti Bet a beth oedd enw'i gŵr hi?'

Rôn i'n methu deall pam roedd o isio gwybod hynny nes iddo fo ddweud bod rhaid iddo fo fynd i'r dre cyn hanner dydd i edrych yn llyfr ffôn Tyddewi yn Swyddfa'r Post. Mi gofiais i wedyn bod Mam wedi bod yn dweud y drefn rywbryd bod pawb yn rhoi'r rhif ffôn dan enw'r gŵr.

Roedd Tracy'n gwybod mai Jones oedd Anti Bet ond doedd hi ddim yn cofio enw'i gŵr hi. Mi gynigion ni bob math o enwau ac mi ddeudodd hi yn y diwedd ei bod hi'n meddwl mai Ron oedd o. Mi ruthrodd Dylan i'r dre ac mi ddaeth yn ôl wedi copïo rhif pob R. Jones yn ardal Tyddewi. Roedd 'na filoedd ohonyn nhw. Mi aeth Dylan ati i ffonio. Mi ffoniodd o drwy'r pnawn ond mi fu'n rhaid iddo fo roi'r gorau iddi hi tua saith gan ei fod wedi trefnu i fynd allan efo ffrindiau ysgol. Roedd Mam a Dad yn mynd allan hefyd a doedd dim pwynt i Tracy na fi ffonio, doedd gynnon ni ddim syniad beth i'w ddweud.

Mi aeth Dylan ati eto'r bore 'ma ac mi ffoniodd o ugeiniau o bobol. Mae'n rhaid fod bron iawn pawb yn Nhyddewi yn R. Jones ac mi fydd ein bil ffôn ni'n uwch nag un y Cyngor Sir. Faswn i ddim yn synnu tasai Dylan wedi colli'i lais erbyn fory, mi fu wrthi mor hir yn dweud yr un stori wrth bawb. Ond roedd hi'n werth yr ymdrech. Tuag amser cinio, mi gafodd afael ar rywun oedd yn digwydd gwybod bod Anti Bet a'i gŵr Gron (nid Ron!) yn byw yn Solfach wrth ymyl Tyddewi. Roedd Tracy wedi gwirioni. Mi gafodd sgwrs hir efo Anti Bet, ar ôl inni'n dwy gael ein gyrru o'r stafell tra bod Dylan ac wedyn Dad ac wedyn Mam yn cael gair efo hi. Mi drefnon nhw'n bod ni'n mynd i lawr i Dyddewi nos Wener nesa a bod Tracy'n cael treulio dydd Sadwrn i gyd yn Solfach. Mae Tracy fel hogan hollol wahanol byth oddi ar hynny ac mae'n rhaid imi gyfaddef bod Dylan wedi gwneud joban dda iawn. Rydw i'n eitha balch ohono fo ac yn eiddigeddus hefyd. Mae'n amlwg mai fo sydd wedi cael brêns ein teulu ni i gyd.

Dydd Mawrth, Hydref 5

Mae pethau ar i fyny. Mae Mam a Dad yn glên ac yn hwyliog ac mae 'na awyrgylch grêt yn y tŷ yma. Mi gawson ni i gyd filoedd o hwyl yn gwylio Tracy'n dynwared Parri bach ar ôl inni'n dwy ddod adre o'r wers neithiwr. Rôn i'n teimlo braidd yn benisel am nad ôn i wedi gweld Jean yno, ond fedrwn i ddim peidio â chwerthin. Roedd Tracy mor ddoniol yn gwthio'i bol allan ac yn gwneud llygaid bach wrth draethu am y Treigliad Meddal fel tasai hi'n siarad am rywbeth pwysig ofnadwy, fel diwedd y byd. Roedd Mam, hyd yn oed, yn gweld y jôc ac roedd Dad, wrth gwrs, wrth ei fodd. Mae'n braf gweld Tracy'n hapus eto.

A heno, rydw innau ar ben fy nigon. Mi ges i'r syniad gwych o ofyn i Dad gawn i fynd efo fo i'r Clwb Badminton. Doedd Tracy ddim isio dod — mae chwarae badminton yn eich difetha chi ar gyfer tenis meddai hi — ac a dweud y gwir, roedd yn well gen i fynd fy hun achos rôn i'n gwybod y baswn i'n cael mwy o sylw gan Jean wedyn. Chafodd o ddim cyfle i siarad llawer efo fi, yn anffodus — roedd rhaid iddo fo dreulio amser efo Parri bach a Hanna Meri er mwyn bod yn gwrtais. Ond roedd bod yn yr un neuadd â fo'n nefoedd i mi, hyd yn oed os oedd rhaid imi redeg o gwmpas fel peth gwirion yn trio taro rhyw blu efo bat llai na bat tenis!

Dydd Mercher, Hydref 6

Rydw i wedi darganfod ffordd arall i gael gweld mwy ar Jean! Mi ddaeth nodyn gan Parri bach o gwmpas y bore 'ma'n gofyn i bawb oedd â diddordeb mewn bod yn nrama'r ysgol fynd i'r stafell Gymraeg ddiwedd pnawn dydd Llun. Dôn i ddim wedi bwriadu mynd — rydw i'n teimlo fy mod i'n gweld mwy ar Parri bach nag sy'n lles i fy iechyd i'n barod. Dydw i ddim yn meddwl bod Tracy a Nerys yn bwriadu mynd chwaith, er bod Rhiannon a Judith a'r lleill yn trio gwthio Tracy gan eu bod nhw'n gwybod mor dda ydi hi am ddynwared. Dyna ddeudodd Trystan Jones pan stopiodd o fi ar y coridor.

'Tria'i chael hi i ddŵad,' meddai fo, 'a tyrd ditha hefyd. Mae angen tipyn o genod.' Ac mi eglurodd mai fo a 'Mr Williams, Ffrangeg' fydd yn helpu Parri bach. Mi ges i dröedigaeth yn y fan a'r lle. Rôn i'n teimlo fel tasai cymryd rhan mewn drama yn beth rydw i wedi bod yn dyheu am ei wneud ar hyd fy oes.

'Mi ddo i,' meddwn i, 'ac mi berswadia i Tracy a Nerys i ddod hefyd!'

Roedd Trystan Jones yn edrych yn falch iawn o glywed hynny. Rôn innau'n falch ac yn ddiolchgar iddo fo am sôn. Mi fasai wedi bod yn ofnadwy imi golli cyfle fel'na.

Dydd Sul, Hydref 10

Newydd gyrraedd yn ôl o Dyddewi. Mi gafodd Mam a Dad a finnau ddeuddydd braf yn cerdded y llwybrau uwchben y môr ac mae'n amlwg fod Tracy wedi'i mwynhau'i hun yn ardderchog efo Anti Bet. Roedd honno'n edrych yn ddynes fach annwyl iawn – yn grwn i gyd efo bochau mawr coch a gwallt gwyn yn fynsan ar dop ei phen. Roedd hi'n siarad fel melin bupur mewn acen oedd yn swnio'n odiach nag acen Tracy hyd yn oed. A dweud y gwir, dim ond dau beth ddeallais i yn y ddwy awr y buon ni yn ei thŷ hi. Mi ddeudodd hi'i bod hi'n sobor o falch o weld Tracy, bod hi wedi meddwl yn aml beth ddigwyddodd iddi hi ond bod staff y cartre'n cael eu rhybuddio rhag creu cyswllt personol efo'r plant a'i bod hi wedi meddwl, felly, bod yn well iddi hi beidio â holi amdani. Y peth arall ddeallais i oedd ei bod hi'n casáu Saeson â chas perffaith, yn meddwl eu bod nhw'n difetha ardal Tyddewi ac yn credu nad oes gynnon ni'r Cymry ddim chwarter digon o asgwrn cefn. Rydw i'n gweld rŵan lle mae Tracy wedi cael ei syniadau.

Rydw i wedi blino'n ofnadwy ac mi gysga i'n braf heno. Mae'n rhaid imi godi'n gynnar i olchi fy ngwallt bore fory a rhoi finegr arno fo. Mae'n bwysig fy mod i'n edrych ar fy ngorau ar gyfer y cyfarfod drama ar ôl yr ysgol. Efallai y ca i brif ran fel tywysoges neu rywbeth ac efallai − os ydi'r sêr o'm plaid i ac os oedd Sant Non yn gwrando pan deflais i ddeg ceiniog i'w ffynnon hi y bore 'ma − y bydd Jean yn actio'r tywysog ac mi gawn ni gusan hir ym mhob golygfa. Go brin y bydd o chwaith − mae'n siŵr mai'r disgyblion fydd yn actio. Ond does 'na ddim drwg mewn breuddwydio.

Dydd Llun, Hydref 11

Os gwela i Parri bach eto, rydw i'n meddwl y sgrechia i dros y lle. Rhwng y practis drama a'r wers breifat rydw i wedi cael mwy na digon o'i gwmni o heddiw. Ac rydw i wedi cael llond bol arno fo'n dweud wrtha i beth i'w wneud. Ych â fi! Mae o'n meddwl ei fod o'n bwysig! Erbyn meddwl, mi fydda i'n siŵr o'i weld o fory ac mae'n well imi beidio â sgrechian neu mi fydd Jean yn clywed ac yn meddwl fy mod i'n hen hogan fach wirion. Mae arna i ofn mai dyna'r argraff roddais i iddo fo'r pnawn 'ma yn y practis. Fedrai Nerys a finnau ddim peidio â chwerthin am ben ciamocs Parri bach. Roedd o'n neidio o gwmpas yn dangos i bobol beth i'w wneud a lle i symud ac yn trio bod yn bob cymeriad ar unwaith. Fedrwn i ddim cymryd y peth o ddifri a bob hyn a hyn rôn i'n teimlo pwl o chwerthin yn codi yn 'y mol i ac yn mynnu dod allan drwy fy ngheg i. Roedd Nerys yn gweld yr ochor ddoniol hefyd ac rôn i'n falch o'i gweld hi'n ei mwynhau ei hun − chafodd hi ddim llythyr gan Justin ers wythnos ac mae hi wedi bod braidd yn ddigalon. Erbyn diwedd y practis, roedd ein hochrau ni'n dwy'n brifo, roedden ni wedi chwerthin cymaint, ac roedd Parri bach wedi dweud y drefn wrthon ni tua phum cant o weithiau. Mi ddeudodd Jean y drefn unwaith hefyd ac mi sobrais i drwof bryd hynny a gwneud ymdrech go iawn i wrando ar y ddrama. Parri bach sydd wedi'i sgwennu hi ei hun ac mae hi'n llawn o eiriau mawr, hir ac o jôcs ciami nad oes neb yn eu deall. Bob tro roedden ni'n dod at un o'r rheiny roedd Parri bach yn chwerthin, Jean yn rhyw hanner gwenu ac edrych yn annifyr a phawb arall yn sefyll o gwmpas yn aros i Parri ailgydio ynddi.

Ond roedd hi'n werth imi fynd i'r practis er mwyn cael gweld Jean ac roedd Nerys yn cytuno bod unrhyw beth yn well nag eistedd gartre yn aros am lythyr. Roedd Tracy wedi'i mwynhau'i hun yn ofnadwy. Mi gafodd hi ran go fawr ac mae hi ym mhob golygfa. Rhannau bach iawn gafodd Nerys a finnau. 'Merch' ydi Nerys a 'Merch Arall' ydw i. Dim ond dwy olygfa sydd gynnon ni a fydd dim rhaid inni fynd i bob practis, yn ôl Parri bach. Doedd Jean ddim yn cytuno efo fo.

'Mae'n well i chi ddod er mwyn i chi gael teimlo'n rhan o'r peth,' meddai fo a dyna'r prawf mwya pendant eto 'i fod o'n fy ngharu fi ac isio fy nghwmni fi.

Doedd o ddim yn y tŷ pan aeth Tracy a finnau am y wers heno ond pan oedden ni'n cychwyn oddi yno mi gyrhaeddodd o yng nghar coch Hanna Meri. Chwarae teg iddi hi am roi ei fenthyg o i Jean. Mae'n amlwg bod Nerys yn iawn pan oedd hi'n dweud ei bod hi'n ddynes ffeind.

*　　*　　*

Hei! Rydw i wedi bod yn darllen ymlaen drwy ddrama erchyll Parri bach ac rydw i wedi darganfod bod 'na olygfa tua'r diwedd lle mae Merch Arall yn cael sws gan Meddwyn Dau. O'r nefoedd! Rydw i'n siŵr mai Gareth, brawd Nerys, ydi Meddwyn Dau. O! Ych â fi! Mi fasai'n well gen i farw. Mi fasai'n well gen i gael fy chwythu'n grybibion mân na rhoi sws i'r lembo yna. O beth wna i? Mi fydd rhaid imi smalio bod gen i glwyf heintus neu rywbeth. Neu efallai y ffeirith Nerys efo fi. Mae 'Merch' yn eistedd ar lin tafarnwr a Trystan Jones sy'n actio hwnnw. Fasai ddim gwahaniaeth gen i eistedd ar ei lin o am sbelan, er cof am yr holl fisoedd pan fûm i mewn cariad efo fo.

Dydd Mercher, Hydref 13

O boi! Mae Tracy'n hi ei hun go iawn eto. Mi fu hi'n dynwared Cadi Cwc yn y wers goginio a Rhiannon, Judith a'r genod eraill i gyd yn cael miloedd o hwyl wrth ei gweld hi. Ond fu'r hen Tracy ddim yn ddigon sydyn y tro yma. Mi drodd Cadi yn sydyn a'i dal hi. Argol, mi wylltiodd! Mi gydiodd yn Tracy a'i martsio hi ar hyd y coridor at Bulldog. Wnaeth hwnnw mo'i chosbi hi chwaith, dim ond dweud bod rhaid iddi hi esbonio wrth Mam beth oedd wedi digwydd a gofyn iddi hi ei ffonio fo fory.

'Dweud wrth eich mam fydd eich cosb chi, Tracy,' meddai fo.

'Dydi hynna ddim yn gosb gwerth sôn amdani,' meddwn i pan glywais i. 'Rwyt ti'n gwybod na ddeudith Mam fawr o ddim.'

Ond roedd Tracy'n poeni'n ofnadwy am y peth. Mae hi'n rêl babi efo Mam. Mi fagodd ddigon o blwc i ddweud yn y diwedd, efo tipyn bach o help gen i. Dwcud wrthi hi am anghofio am y pcth wnaeth Mam, wrth gwrs.

'Mae'r Catrin Morris 'na'n meddwl gormod ohoni hi'i hun,' meddai hi. 'Mi wneith les iddi hi sylweddoli bod pobol yn chwerthin am ei phen hi. Ac am y prifathro, os ydi o isio siarad efo fi, mi geith o ffonio yma.'

Does ryfedd bod Mam ddim isio ffonio. Roedd hi wedi bod ar y ffôn drwy'r dydd, mae'n debyg — wedi ffonio'r Cyngor Sir i holi am y byncar o leia gant o weithiau. Roedd hi a rhywrai eraill wedi gwneud rota i ffonio bob dau funud drwy'r dydd. Mae Dad yn wyllt gacwn ac mi gafodd y ddau 'sgwrs' reit hir heno. O! mae'n anodd eu deall nhw! Mae pawb yn dweud mai pobol ifanc fel fi sydd i fod yn oriog — rhywbeth i'w wneud efo hormonau. Ond wir, welais i neb erioed sydd gymaint i fyny ac i lawr ag y mae Mam a Dad.

Dydd Llun, Hydref 18

Roedd y stori'n dew yn yr ysgol heddiw bod Hanna
Meri wedi cael damwain go ddrwg efo'i char ddoe a'i bod
hi yn yr ysbyty. Wn i ddim ydi'r stori'n wir ond, yn saff,
doedd hi ddim yn yr ysgol. Doedd Jean ddim yn y practis
drama nac yn y tŷ pan aeth Tracy a finnau am y wers neu
mi faswn i wedi gofyn iddo fo. Erbyn meddwl, doedd
yntau ddim yn yr ysgol drwy'r dydd chwaith. O!
gobeithio nad oedd o ddim yn y car efo hi! Gobeithio nad
ydi o ddim wedi brifo. Gobeithio, O! gobeithio'i fod o'n
iawn!

Roedd y practis drama'n fwy erchyll na'r wythnos
ddiwetha hyd yn oed. Mi gyrhaeddon ni'r olygfa lle mae
Gareth yn rhoi sws i mi. Does dim rhaid inni swsian go
iawn, drwy ryw drugaredd, dim ond rhoi'n pennau ar
ysgwyddau'n gilydd a smalio. Mi driodd Parri bach
ddangos inni sut i wneud.

'Rhowch eich pen ar un ochor, Delyth,' meddai fo, 'a
da chi ymlaciwch. Dowch wir, hogan. 'Tydi o ddim yn
mynd i'ch bwyta chi!'

Roedd Gareth yn edrych mor embaras â fi ac roedden
ni'n dau'n falch iawn o gael eistedd i lawr ar ôl tipyn i
weld yr olygfa nesa. Mi ddigwyddais i eistedd wrth ochor
Trystan Jones ac mi bwysodd o drosodd ata i a gofyn:
'Dwyt ti ddim wedi arfer cael snog, Delyth?' gan
chwerthin. Biti na fasai fo wedi siarad fel'na efo fi dri mis
yn ôl!

Tracy oedd yn actio yn yr olygfa wedyn ac wrth gwrs,
roedd hi'n arbennig o dda, yn gwneud i ddrama wirion
Parri bach edrych yn eitha credadwy. Mi sylwais i bod

Gareth yn gwrando'n astud iawn. Wnaeth o ddim tynnu'i lygaid oddi arni. Ys gwn i ydi o'n ei ffansïo hi? Druan o Tracy os ydi o! Cheith hi ddim llonydd. Mi fydd o fel ci'n gwrthod gadael asgwrn.

O! gobeithio bod Jean yn iawn! Rydw i'n siŵr na chysga i ddim winc heno yn poeni amdano fo.

Dydd Mawrth, Hydref 19

Mae'r stori am Hanna Meri'n wir ac *roedd* Jean yn y car efo hi pan gafodd hi'r ddamwain. Roedd o yn yr ysgol heddiw a chleisiau mawr duon i lawr ochor ei wyneb.

'Rydw i'n gleisiau drosto i,' meddai fo pan stopiais i o ar y coridor i holi sut roedd o. Dydw i erioed wedi gwneud hynny o'r blaen ond roedd rhaid imi gael gwybod ac, a dweud y gwir, rôn i'n teimlo bod gen i hawl i wybod hefyd. Pan soniodd o bod ganddo fo gleisiau dros ei gorff i gyd, mi es innau'n chwys oer drosof i. O! mi leciwn i gael edrych ar ei ôl o! Mae o'n haeddu gwell na gorfod rhannu tŷ efo Parri bach.

'Mi fasai'n well gen i ddioddef fy hun na'i weld o mewn poen,' meddwn i wrth Nerys wedyn.

'Mae'n siŵr ei fod o'n meddwl dy fod *ti*'n rêl poen,' meddai hithau'n ddigon siort. Ew! Mae hi'n gas weithiau. Biti na fasai'r Justin 'na'n sgwennu ati hi.

91

Dydd Iau, Hydref 21

Wn i ddim beth wneith Tracy nesa. Mae hi wedi gwylltio nes ei bod hi'n methu siarad am fod yr athrawes dros-dro sydd wedi dod yn lle Hanna Meri'n Saesnes.

'Dyw'r peth ddim yn iawn,' meddai hi. 'Ar ôl diodde'r holl flynydde yn Llunden, symo fi wedi dod fan hyn i ga'l Saesnes yn gweud wrtho i shwt i dowlu pêl.'

A dweud y gwir, fedra i ddim llai na chytuno efo hi. Wedi'r cwbwl, fel y deudodd Nerys, mae 'na ddigon o ferched Cymraeg yn ddi-waith a fedra i ddim gweld bod angen rhyw gymwysterau mawr i redeg i fyny ac i lawr cae yn chwythu pib. Mae Tracy ar dân isio gwneud rhywbeth. Mae hi wedi treulio'r gyda'r nos yn holi Mam am ddulliau protestio ac mae hi wedi benthyg y llyfr *50 Methods of Passive Resistance* i'w ddarllen yn y gwely. Mi ddaeth hi yma gynnau i ddweud ei bod hi wedi penderfynu mai streic ydi'r ateb.

'Gweithredu uniongyrchol!' meddai hi, er bod yr hyn sydd ganddi hi dan sylw'n debycach i beidio â gweithredu o gwbwl i mi. Rydw i wedi penderfynu'i chefnogi hi. Mae 'na amser yn dod pan mae rhaid inni sefyll efo'n gilydd dros ein hawliau. Mae'n bryd i minnau gofio fy magwraeth a dangos fy ochor. Mae hynny'n swnio'n grand iawn o'i sgwennu i lawr fel'na ond, a dweud y gwir, rydw i'n teimlo braidd yn nerfus. Mi geith Bulldog ffit biws. Mi fydd 'na andros o strach ac mi fyddwn ni'n siŵr o gael ein cosbi'n drwm. Yr unig gysur ydi y bydd Jean yn gweld bod gen i gymeriad cryf ac rydw i'n siŵr y bydd o'n f'edmygu fi yn y bôn, hyd yn oed os na fedr o ddangos hynny rhag ofn colli'i swydd.

Dydd Gwener, Hydref 22

Wel, rydyn ni i gyd, a Tracy'n arbennig, yn arwyr yn yr ysgol erbyn hyn. O leia, rydyn ni'n arwyr gan y disgyblion a chan un neu ddau o'r athrawon hefyd, er bod Bulldog wedi'n galw ni'n bob enw dan haul. Mi aeth Parri bach cyn belled â'n llongyfarch ni ac mae o wedi mynd i fyny yn fy ngolwg i oherwydd hynny. Rôn i dipyn bach yn siomedig yn ymateb Jean. Dydi o ddim wedi dweud gair am y peth er fy mod i wedi rhoi digon o gyfle iddo fo drwy loetran wrth ddrws ei stafell o'r pnawn 'ma. Mae'n siŵr ei fod o'n meddwl mai'r peth doetha iddo fo, fel athro newydd, ydi eistedd ar y ffens. Wedi'r cwbwl, tasai fo'n cael y sac, mi fasai'n rhaid iddo fo symud i ffwrdd a fasen ni ddim yn gweld ein gilydd eto. Ac mi fasai hynny'n drychineb.

Mi dreuliodd Tracy'r bore — wel, yr amser rhwng gwersi — yn mynd o gwmpas genod ein dosbarth ni ac yn siarad efo pob un ohonon ni. Erbyn y wers cyn cinio — y wers Ymarfer Corff — roedd pawb wedi cytuno i streicio. Mi aethon ni i'r stafelloedd newid ond ar ôl cyrraedd yno wnaethon ni ddim byd ond eistedd i lawr ac aros i'r Saesnes ddod.

'*Come on, girls, get changed,*' meddai hi mewn llais dwfn fel dyn.

Symudodd neb. '*Come on. Get a move on, girls,*' meddai hi wedyn a wnaeth neb gymaint â blincio arni hi, dim ond eistedd yn llonydd fel delwau. Y munud nesa, mi ddechreuodd grio ac mi redodd allan i nôl Bulldog. Erbyn i hwnnw gyrraedd, roedden ni i gyd yn crynu ac yn teimlo'n edifar braidd. Mi symudodd rhai i eistedd yn bell oddi wrth y drws yn y gobaith na fasai fo ddim yn eu gweld nhw ond wnaeth neb newid eu dillad. Mi ddaeth Bulldog ac mi safodd uwch ein pennau ni'n taranu, a hynny yn Saesneg, am ryw chwarter awr a phan gymerodd o'i wynt ar ôl ffendio nad oedd ganddo fo ddim byd arall i'w ddweud, mi gododd Tracy ar ei thraed a dweud yn foneddigaidd ac yn bendant pam roedden ni'n protestio. Mi ffrwydrodd Bulldog wedyn ac mi gawson ni bregeth hir ar yr 'Ymerodraeth Brydeinig' a 'chwffio i gadw'r byd yn rhydd' a phob math o rwtsh felly. Mi ddylen ni fod wedi cofio'i fod o wedi bod yn y fyddin. Mae'n siŵr ei fod o'n addoli Saeson. Prun bynnag, pan gymerodd o'i wynt am yr eildro, doedd neb yn siŵr beth i'w wneud nesa ac rôn i'n medru dweud ar wynebau Judith ac un neu ddwy arall eu bod nhw'n dechrau gwegian. Trwy ryw lwc, mi ganodd cloch amser cinio ac mi gododd Tracy a cherdded heibio i Bulldog a'r Saesnes ac allan drwy'r drws. Ar ôl rhyw hanner eiliad o ddistawrwydd, mi ddilynon ni i gyd. Roedden ni'n teimlo'n falch iawn o'r hyn roedden ni wedi'i wneud er ein bod ni'n cael cathod bach ynglŷn â beth fasai'n digwydd yn y pnawn. Yn y diwedd, ddigwyddodd 'na fawr o ddim. Mi ddeudodd Bulldog ei fod am sgwennu at ein rhieni ni a gofyn iddyn nhw ddod am sgwrs efo fo. Roedd Mam yn fodlon iawn gwneud hynny, pan ddeudon ni'r hanes wrthi hi.

'Mae'n rhaid i ni'r rhieni drio pwyso arno fo rŵan,' meddai hi. 'Rydach chi wedi gwneud mwy na digon.'

Mae'n amlwg ei bod hi'n cael ei thynnu ddwy ffordd – yn hanner edmygu ac yn hanner poeni am ein bod ni'n mynd i drwbwl. Un ffordd roedd Dad yn cael ei dynnu ac roedd hynny'n hollol amlwg. Am unwaith, mi fentrodd o anghytuno efo Mam a dweud ein bod ni'n codi cywilydd arno fo. Doedd hi ddim yn braf ei glywed o'n dweud hynny ond dydw i ddim yn edifar o gwbwl. Ew! Roedd hi'n braf teimlo bod pawb yn yr ysgol yn ein hedmygu ni. Tracy oedd y seren, wrth gwrs, ond yn ei sgîl hi roedd y gweddill ohonon ni'n cael sylw hefyd. Dydw i erioed wedi bod yn arwres o'r blaen a fydda i byth eto, mae'n siŵr. Roedd o'n brofiad braf iawn tra parodd o.

Dydd Llun, Hydref 25

Mae hi'n wyliau yr wythnos yma. Mae Tracy wedi mynd i Solfach i aros efo Anti Bet ac rydw innau newydd ddod adre ar ôl treulio tair noson yn nhŷ Nerys. Mi benderfynodd Mam a Dad fanteisio ar y ffaith eu bod nhw'n mynd â Tracy i lawr i'r De i gymryd seibiant bach mewn gwesty. Roedd hi'n eitha amlwg nad oedden nhw ddim isio fi efo nhw — maen nhw'n mynd trwy gyfnod slopi iawn ar hyn o bryd. Mi wnes i fy mwynhau fy hun yn nhŷ Nerys. Roedd hi'n braf cael sgwrsio efo hi eto, dim ond ni'n dwy fel roedden ni ers talwm. Mae hi'n andros o hogan glên ac yn ffrind da imi. Mi ddeudais i wrthi hi fel rydw i'n teimlo am Jean — ddim y cwbwl, ond mwy na rydw i wedi'i ddweud wrth neb arall — hyd yn oed Tracy. Mae Nerys yn poeni amdana i, meddai hi. Mae hi'n dweud fy mod i'n siŵr o gael fy siomi achos, hyd yn oed os ydi Jean yn fy hoffi fi, fedr o wneud dim byd am y peth. Mae pethau ofnadwy'n digwydd i

95

athrawon sy'n mynd efo disgyblion, meddai hi. Mi ddeudais i fy mod i'n fodlon aros nes y bydda i wedi gadael y flwyddyn nesa ac mi wylltiodd efo fi.

'Paid â bod yn stiwpid!' meddai hi. 'Dwyt ti ddim yn gadael y flwyddyn nesa. Mae 'na ddigon yn dy ben di taset ti ddim yn ei lenwi efo rhyw lol wirion am ddyn sy'n ddigon hen i fod yn daid iti.'

Roedd hynny'n gor-ddweud braidd ac mi fu'n rhaid i minnau ofyn pam fod gwirioni ar fabi fel Justin yn well na gwirioni ar rywun aeddfed fel Jean.

'Paid â sôn wrtha i am Justin,' meddai hithau. 'Dydw i ddim wedi cael llythyr gan y mwnci ers wythnosau. Mae'n rhaid ei fod o'n mynd efo rhywun arall.'

Taswn i yn ei lle hi, mi faswn i'n torri fy nghalon ond roedd hi'n siarad yn gall iawn am y peth.

'Does 'na ddim pwynt poeni,' meddai hi, 'gan na fedra i wneud dim byd.' Dyna'n union ddeudodd ei rhieni hi pan glywon nhw bod ei thad hi'n colli'i waith. Maen nhw'n andros o deulu call, er fy mod i'n teimlo bod Nerys wedi mynd yn rhy bell braidd pan ddeudodd hi wedyn:

'Mi ddeuda i un peth wrthot ti. Wna i byth drystio hogyn eto tra bydda i byw!'

Do, mi ges i amser braf yn nhŷ Nerys. Roedd Gareth, hyd yn oed, yn ddigon clên. Roedd y streic wedi gwneud argraff arno fo ac roedd o'n holi byth a hefyd, 'Beth ddeudodd Tracy wedyn?', 'Beth wnaeth hi nesa?' ac yn y blaen ac yn y blaen fel tiwn gron. Roedd gan Mr a Mrs Morgan ddiddordeb yn y streic hefyd ac er nad oedden nhw'n meddwl ein bod ni wedi gwneud peth call iawn, maen nhw'n tueddu i gytuno efo ni. Mi ddeudodd Mrs

Morgan y basai hi'n gofyn i Mam fynd efo hi nos fory i dŷ Bulldog i gael gair efo fo. Mi fydd o'n haws ei drin yn y tŷ nag yn yr ysgol. Mae arno fo dipyn o ofn ei wraig er ei fod o'n hen fwli.

Roedd Mam a Dad wedi cael amser da yn y De, medden nhw, pan ddaethon nhw adre heno. Roedd wyneb Tracy wedi goleuo pan welodd hi Anti Bet. Mae'n braf bod ganddi hi rywun iddi hi ei hun. Pefrio fasai fy wyneb innau hefyd taswn i'n gweld Jean. Mae'n rhaid imi feddwl am esgus i fynd draw i'r tŷ yn ystod yr wythnos. Efallai y bydd gan Mam neges i Parri bach.

Dydd Mawrth, Hydref 26

Mi es i i'r dre ar fy mhen fy hun y pnawn 'ma am nad oedd gen i ddim byd i'w wneud ac am na fedrwn i feddwl am esgus i fynd i weld Jean. Mi dreuliais i ryw hanner awr yn y siop ddillad yn trio gwahanol bethau ond phrynais i ddim. Roedd *zips* pob dim yn cau'n berffaith — rydw i'n deneuach nag y bûm i ers tro — ond doedd gen i fawr o amynedd. Go brin yr a' i allan lawer y gaeaf 'ma. Mae'n well imi gadw fy mhres a phrynu pentwr o ddillad yn yr haf pan fydd Jean a finnau'n cael mynd o gwmpas efo'n gilydd a dangos i bawb ein bod ni mewn cariad.

Ar ôl gadael y siop ddillad, mi es i i gaffi i gael paned a phwy ddaeth i mewn ond Trystan Jones. Mi ddaeth ata i i eistedd ac mi gawson ni sgwrs reit glên am y ddrama a'r streic a phethau gwefreiddiol felly. Mae o'n hogyn digon annwyl ond does 'na ddim byd yn *gyffrous* ynddo fo. Dôn i ddim yn gwrando'n iawn arno fo, beth bynnag, achos rôn i'n trio edrych drwy'r ffenest rhag ofn i Jean ddigwydd mynd heibio. Mi feddyliais i'n sydyn y medrwn i fynd draw i ofyn iddo fo oedd 'na rywbeth y medrwn i 'i wneud i helpu — glanhau'i sgidiau fo neu smwddio neu rywbeth. Mi fasai Mam yn fy lladd i tasai hi'n gwybod. Wel na, fasai hi ddim yn fy lladd i, wrth gwrs, a hithau'n heddychwraig, ond mi fasai'n flin iawn efo fi am gynnig tendio ar ddyn. Sdim ots gen i. Mi faswn i'n sgwrio pob twll a chornel o'r tŷ i Jean tasai fo'n cymryd sylw ohono i.

Mi gymerais i'r bws yn ôl i'r pentre ac mi gerddais i i gyfeiriad tŷ Jean. Rôn i bron â chyrraedd pan aeth Dad heibio yn jogio — roedd hi'n tynnu am chwech erbyn hynny. Wnaeth o ddim stopio — mi fasai'n cymryd Jac Codi Baw ar draws y lôn i'w stopio fo pan mae o'n jogio — ond mi alwodd dros ei ysgwydd,

'Lle'r wyt ti'n mynd?'

'Dim ond am dro,' meddwn innau ac rôn i'n teimlo'n ddigon annifyr. Dydw i ddim yn arfer dweud celwydd wrth Mam a Dad.

Dim ond ar ôl imi guro drws y tŷ y sylweddolais i y medrai Parri bach ateb ac y baswn i'n teimlo'n rêl lembo wedyn. Ddigwyddodd hynny ddim, diolch i'r drefn. Jean atebodd ond wnaeth o ddim fy ngwahodd i i mewn, dim ond diolch imi am gynnig a dweud ei fod o'n iawn. O! beth sy'n bod arno fo? Pam na fedr o ddangos ei fod o'n fy ngharu fi?

Mi fu Mam efo Mrs Morgan yn nhŷ Bulldog heno ond mae'n debyg y bydd rhaid inni ddioddef y Saesnes am sbel eto, nes daw Hanna Meri'n ôl. Mae o wedi addo y bydd o'n fwy gofalus y tro nesa.

Dydd Mercher, Hydref 27

Wn i ddim beth i'w feddwl. Mi ffoniodd Nerys i ddweud ei bod hi wedi bod yn edrych am Hanna Meri y pnawn 'ma. Mae Hanna gartre erbyn hyn ac mae'n siŵr ei bod hi'n falch o weld aelod o'r tîm hoci yn galw i'w gweld hi. Yr hyn oedd Nerys isio'i ddweud — ac rôn i'n amau bod tinc buddugoliaethus yn ei llais hi wrth ei ddweud — oedd bod Jean yno yn y tŷ efo Hanna Meri ac yn edrych yn gartrefol iawn yno. Fo wnaeth y baned, meddai Nerys, ac roedd o'n gwybod yn iawn lle'r oedd pethau'n cael eu cadw. O! gobeithio mai dim ond bod yn ffeind efo Hanna Meri roedd o! Faswn i ddim yn synnu — mae o'n ddyn mor annwyl ac mor feddylgar. O! gobeithio nad ydi o ddim yn dechrau lecio Hanna! Fasai gen i ddim siawns o gwbwl yn ei herbyn hi, mae hi mor ddel ac mor siapus.

Dydd Iau, Hydref 28

Mi aeth Mam a fi i Aberystwyth y pnawn 'ma i gyfarfod Tracy oddi ar y bws o Dyddewi. Roedd hi'n braf ei gweld hi eto. Roedd hi'n llawn hwyl a wnaeth hi ddim stopio siarad yr holl ffordd adre. Mi ges i hanes pob dim bach oedd wedi digwydd a phob gair roedd Anti Bet wedi'i ddweud. Roedd hi fel tiwn gron, ond roedd gwrando arni hi'n well nag eistedd mewn distawrwydd llethol, yn sbio ar y lôn. Dyna fu'n rhaid imi'i wneud ar y ffordd i lawr. Mi driais i sgwrsio efo Mam ond yr unig sŵn wnaeth hi ar hyd y daith oedd rhegi dan ei gwynt wrth inni fynd heibio i orsaf niwclear Trawsfynydd. Wn i ddim beth sy'n bod arni hi. Mae'n amlwg ei bod hi'n poeni am rywbeth.

Dydd Gwener, Hydref 29

Wel, wel, wel. Be nesa? Mi goelia i unrhyw beth ar ôl heddiw. Mi aeth Tracy, Nerys a finna i'r dre y pnawn 'ma ac ar ôl bod yn y siop ddillad, mi benderfynon ni fynd i'r caffi. Roedd Trystan Jones yno ac mi dynnodd gadeiriau allan i wneud lle inni wrth ei fwrdd o. Wn i ddim pam ei fod o'n fan'na ar ei ben ei hun. Wir, rydw i'n dechrau meddwl bod 'na rywbeth yn llywaeth ynddo fo. Dydi o ddim yn un da am sgwrsio o gwbwl. Doedd 'na fawr o hwyliau ar Nerys chwaith. Mae'n siŵr bod bod mewn caffi'n gwneud iddi hi feddwl am Justin. Beth bynnag, fu hi ddim efo ni'n hir. Mi ddaeth ei mam hi a Gareth heibio a'n gweld ni drwy'r ffenest. Roedd ar Mrs Morgan isio help i siopa bwyd ac mi aeth Nerys efo hi gan adael i Gareth ddod i eistedd efo ni. Dydyn nhw ddim yn credu mewn cydraddoldeb yn y tŷ yna, er mor glên ydyn nhw.

Mi sylwais i, ar ôl tipyn, fod Tracy a Gareth yn siarad yn ddistaw efo'i gilydd ac rôn i'n meddwl eu bod nhw'n trafod y streic, ond mi ddeudodd Tracy wedyn ei fod o wedi gofyn iddi hi fynd i'r pictiwrs efo fo nos fory a'i bod hithau wedi cytuno. Fedrwn i ddim credu fy nghlustiau ond roedd rhaid imi ac er mawr syndod i mi fy hun, rôn i'n teimlo dipyn bach yn eiddigeddus. Nid fy mod i isio mynd allan efo Gareth, wrth gwrs, ond mi fasai'n braf cael mynd efo rhywun. O! rydw i'n edrych ymlaen at yr haf pan ga innau fynd i'r pictiwrs efo Jean ac eistedd yn y sedd gefn yn swsian a ballu. Dydw i ddim yn siŵr iawn beth ydi'r 'ballu', a dweud y gwir, ond mi hola i Tracy nos fory ar ôl iddi hi fod efo Gareth.

Dydd Sadwrn, Hydref 30

Rydw i'n teimlo fel sgrechian dros y tŷ. Mi leciwn i daflu'r dodrefn i gyd drwy'r ffenest neu roi'r tŷ ar dân neu rywbeth. Does 'na ddim byd cyffrous byth yn digwydd yn fy mywyd i. Does neb yn cymryd sylw ohonof i a dydw i ddim yn meddwl y basai neb yn sylwi taswn i'n malu'r lle 'ma'n rhacs. Rydw i wedi bod ar fy mhen fy hun drwy'r gyda'r nos. Doedd gen i ddim byd i'w wneud ond hel meddyliau am Jean a bwyta Sugar Puffs a Mars. Erbyn hyn, rydw i bron â drysu.

O! mae fy mywyd i'n ddiflas! Fedrwn i ddim hyd yn oed wylio'r teledu heno. Roedd gan Mam bwyllgor yn y stafell fyw – mae Dad wedi mynd i ffwrdd i ryw gynhadledd efo'i waith. Mi gyrhaeddodd pobol y pwyllgor tua saith – Parri bach a rhyw wyth neu naw arall nad ôn i ddim yn eu 'nabod, y rhan fwya ohonyn nhw'n gwisgo dillad Indiaidd a sandalau, er ei bod hi'n rhewi allan. Mi fuon nhw wrthi am oriau, yn trafod y byncar, mae'n siŵr. Wn i ddim pam maen nhw'n trafferthu. Fasai dim mymryn o ots gen i tasai'r lle 'ma'n cael ei fomio. O leia, mi fasai rhywbeth yn digwydd wedyn.

Newydd ddod i mewn mae Tracy. Roedd hi'n edrych yn hapus iawn, iawn a wnaeth hi ddim siarad llawer efo fi er imi wneud paned a gwneud fy ngorau i'w holi hi a oedd Gareth wedi trio rhywbeth. Go brin, erbyn meddwl, y basai'r mwnci'n gwybod beth i'w wneud. Mae o'n rêl babi. Rydw i'n meddwl y basai Tracy'n medru'i drin o'n iawn, beth bynnag. Mi roddodd Mam bumpunt yn ei llaw hi pan oedd hi'n cychwyn allan.

'Tala di drosot ti dy hun,' meddai hi, 'a fyddi di ddim yn teimlo bod arnat ti ddim iddo fo.' Ac mi aeth yn ei blaen i roi darlith gryno am 'y ffeithiau'.

'Jiw, jiw,' meddai Tracy wrtha i pan es i efo hi at y giât, 'be ma' dy fam yn feddwl odw i, gwêd? Yn Llunden ges i fy magu, nage ar y lleuad!'

Mae hi'n lwcus iawn bod Mam wedi siarad efo hi o gwbwl. Ddeudodd hi fawr o ddim byd arall drwy'r dydd. O! mi leciwn i wybod beth sy'n bod arni hi!

Dydd Sul, Hydref 31

Rydw i'n dal i deimlo'n ddigalon. Roedd Mam yn ddistaw drwy'r dydd eto ac roedd Tracy'n mynd o gwmpas yn mwmial canu a gwên wirion ar ei hwyneb hi am ddim rheswm o gwbwl, hyd y medrwn i weld. Roedd hi'n dal i wenu wrth fynd i'w gwely er bod Mam a Dad wrthi'n cael y 'sgwrs' waetha gawson nhw erioed. Mi ddechreuon nhw'r munud y cyrhaeddodd Dad o'i gynhadledd. Mae'n debyg mai cynhadledd i ddysgu pobol cynghorau sir beth i'w wneud pan ddaw hi'n rhyfel niwclear oedd hi. Yn ôl Mam, mae Dad wedi arwyddo'r *Official Secrets Act* a phan ddisgynnith y bom, mi fydd o'n mynd i'r byncar ac yn saethu pawb fydd yn trio mynd i mewn ato fo. Rydw i'n gwybod rŵan beth sydd wedi bod yn poeni Mam y dyddiau diwetha 'ma ac rydw i'n falch nad ydi o'n ddim byd gwaeth. Fedra i ddim credu'i bod hi'n iawn am Dad — yn un peth, does 'na ddim lle i jogio mewn byncar ac, yn beth arall, fasai fo byth yn saethu Mam a Tracy a fi, waeth beth mae o wedi'i arwyddo. Mam sy'n drysu, mae'n rhaid, ac mae'n hawdd deall pam. Mi fasai bod gymaint yng nghwmni Parri bach yn fy ngyrru innau'n wirion bôst.

Ych! Rydw i'n teimlo'n anferth heno. Rydw i wedi bod yn bwyta drwy'r dydd ac rydw i'n siŵr fy mod i'n pwyso tunnell erbyn hyn.

Dydd Llun, Tachwedd 1

Wna i byth olchi fy moch chwith eto! Wna i ddim ei chyffwrdd hi efo na dŵr na sebon a phan fydda i'n hen, hen wraig mi ddangosa i hi i wyrion a wyresau Jean a finnau a dweud yr hanes i gyd wrthyn nhw. Heddiw, mi ges i sws gan Jean ac wna i byth anghofio, er y bydda i wedi cael miloedd o swsus eto ganddo fo cyn mynd yn hen.

Yn y practis drama ar ôl yr ysgol roedden ni ac roedd tymer ffiaidd ar Parri bach. Mi fu'n rhaid i Gareth a finnau wneud ein golygfa ni drosodd a throsodd ac roedd o'n mynd yn fwy blin bob tro.

'Beth sy'n bod arnoch chi'ch dau?' meddai fo. 'Ymlaciwch, wir. Rydach chi fel dau brocar!'

Dôn i ddim yn teimlo'n hapus o gwbwl − wn i ddim sut mae Tracy'n medru dioddef mynd yn agos at y Gareth 'na − ond mi wnes i sirioli drwof pan glywais i Parri'n dweud:

'Mr Williams, fasech chi'n mynd â'r ddau i'r stafell arall a mynd dros yr olygfa efo nhw tra'n bod ni'n mynd yn ein blaenau.'

Mi aeth Jean, Gareth a finnau i'r stafell drws nesa ac mi ddaeth Trystan Jones ar ein holau ni i helpu, meddai fo, er na wnaeth o ddim byd ond gwenu'n wirion. Mi gaeodd Jean ddrws y stafell ac yna mi ddigwyddodd y peth mwya ffantastig sydd wedi digwydd i mi erioed.

'Ylwch Gareth,' meddai Jean, 'mi fasai'n well tasech chi'n gafael amdani fel hyn.' Ac mi roddodd ei freichiau amdana i!

'Mi fydd eich cefn chi at y gynulleidfa,' meddai fo wedyn, 'ac mi fedrwch chi wneud fel hyn.'

Ac O! haleliwia! Mi roddodd ei geg, nid ar fy ngheg i, ond y mymryn lleia i'r chwith. Mi faswn i wedi medru aros fel'na am byth, ond mi gamodd Jean yn ôl ac mi fu'n rhaid imi ddioddef yr hen Gareth hyll 'na yn gwneud yr un peth. Mi wnes i ofalu na chafodd o mo'r un lle yn union − mi symudais i fy mhen i'r dde jest mewn pryd ac mi wnes i sgwrio'r foch honno'n iawn ar ôl dod adre. Ond wna i fyth olchi'r foch chwith, er bod Tracy'n wfftio ata i. Roedd yr holl beth yn ddiniwed iawn, meddai hi, a ddim yn debyg o gwbwl i'r *real thing*.

'Ella mai *French kiss* oedd o,' meddwn i wrthi hi ond wnaeth hi ddim byd ond chwerthin.

O! rydw i'n teimlo'n hapus! Mi fûm i yn fy myd bach fy hun drwy'r wers yn nhŷ Parri bach. Doedd Jean ddim yno heno ac efallai bod hynny'n beth da. Dim ond rhyw gymaint o nefoedd fedr rhywun ei ddal mewn diwrnod. Rydw i'n dal i deimlo'n ffantastig er bod 'na awyrgylch digon od rhwng Mam a Dad o hyd. Mi gysga i'n dda heno.

Dydd Gwener, Tachwedd 5

Mae hi'n ddiwrnod Guto Ffowc ac mi fu hi bron â mynd yn dân gwyllt yn yr ysgol heddiw hefyd. Roedd gynnon ni wers Ymarfer Corff efo'r Saesnes ac er bod y rhan fwya ohonon ni wedi penderfynu'n bod ni wedi gwneud ein protest ac na fedren ni ddim mentro mynd i drwbwl eto, roedd Tracy'n benderfynol o ddal ati. Wnaeth hi ddim streicio'n hollol ond roedd hi'n smalio nad oedd hi ddim yn deall y ddynes. Pan ddeudodd honno wrthi hi am *jump onto the box* mi eisteddodd Tracy ar lawr a dechrau tynnu'i sanau a'r olwg mwya diniwed arni hi. A phan waeddodd y ddynes, *'Go and stand by the wall!'* mi aeth Tracy i'r storfa a dod yn ôl efo pêl. Mi wylltiodd y Saesnes yn y diwedd a galw Tracy'n bob enw dan haul. Dydw i erioed wedi clywed athrawes yn rhegi fel'na o'r blaen. Rydw i'n meddwl bod y genod i gyd wedi dysgu tipyn o Saesneg yn y wers yna!

Mi aeth Tracy allan efo Gareth heno ac mi ges i sgwrs hir efo Nerys. Mae hi a'i brawd hyll yn aros yma gan fod eu tad a'u mam nhw wedi mynd i rywle wrth ymyl Llundain. Mae Mr Morgan yn cael cyfweliad yno ond fyddan nhw ddim yn symud os ceith o'r gwaith, meddai Nerys. Mi fydd o'n teithio i lawr bob nos Sul ac yn ôl ar nos Wener. Nerys druan! Fasai'n gas gen i tasai Dad i ffwrdd bob wythnos — er fasai waeth iddo fod i ffwrdd o ran hynny o siarad mae o wedi'i wneud yr wythnos yma. Efallai bod ganddo fo ofn sgwrsio rhag i gyfrinachau mawr lithro allan ac yntau'n gorfod mynd i'r carchar am dorri'r *Official Secrets Act*.

Mae pethau'n dal yn ddrwg iawn rhyngddo fo a Mam er fy mod i'n rhyw amau bod Mam yn paratoi syrpreis iddo fo. Mi ddaeth hi â thuniau paent adre efo hi o'r dre y pnawn 'ma a'u cuddio nhw yn y twll dan grisiau. Mae'n rhaid ei bod hi am ail-wneud y stafell fyw.

Mae Nerys yn cysgu'n sownd ar y fatres ar lawr y llofft 'ma. Mae'n well i minnau drio cysgu hefyd.

* * *

Nefoedd! Mi fydd hi'n ddrwg yma fory! Ryw hanner awr yn ôl, mi glywais i sŵn yn y stafell molchi ac mi godais i rhag ofn bod rhywun yn sâl. Mam oedd yno, yn sgwrio'i dwylo. Roedden nhw'n baent i gyd. Roedd hi'n chwerthin wrthi hi ei hun ac mi wnaeth hi gyfaddef ei bod hi a Parri bach a rhywrai eraill wedi bod yn peintio sloganau ar y byncar — 'Heddwch i'r Byd' a 'Bara nid Bomiau' a phethau gwreiddiol felly. Mae'r paent yn ôl yn y twll dan grisiau erbyn hyn a gobeithio i'r nefoedd na welith Dad mono fo. Dydi Mam ddim am sôn ei bod hi'n un o'r criw, meddai hi, ond rydw i'n siŵr y bydd Dad yn amau rhywbeth. Mi fydd o'n wyllt gacwn.

Dydd Llun, Tachwedd 8

O! rydw i isio bwyd! Mae fy mol i'n hollol wag ac mae o'n gwneud sŵn rhyfedd bob hyn a hyn. Fwytais i ddim briwsionyn ers amser cinio ac rydw i'n benderfynol na wna i ddim bwyta fory chwaith. Mae'n rhaid imi wneud rhywbeth reit drastig – mi fûm i bron â marw o gywilydd heddiw.

Cadi Cwc, yr hen gnawes sbeitlyd, sy'n gwneud y dillad ar gyfer drama erchyll Parri bach a pnawn 'ma mi ddaeth hi i'r practis i'n mesur ni. Wnes i ddim sylwi arni hi'n dod i mewn ond, yn sydyn, mi glywais i hi'n galw ar Jean.

'Helpwch fi, Mr Williams,' meddai hi'n glên i gyd. 'Sgwennwch y mesuriadau 'ma i lawr imi.' Ac mi welwn i ei bod hi'n mynd o gwmpas efo tâp mesur ac yn gweiddi'r mesuriadau'n uchel. Mi fûm i bron â chael ffit! Mi godais i ar fy nhraed yn reit handi a dechrau sleifio am y drws ond mi welodd y gnawes fi.

'Chi nesa, Delyth Davies,' meddai hi ac mi faswn i'n taeru bod ei gwên hi'n fwy sbeitlyd nag arfer. Rydw i'n siŵr ei bod hi'n genfigennus am fod Jean yn fy ngharu fi. Beth bynnag, mi wnaeth hi ffŷs fawr o smalio bod y tâp yn rhy fyr i fynd amdana i a phan waeddodd hi, '*Bust, thirty-three; waist, twenty-seven; hips, thirty-seven,*' mewn llais fel Sarjant Major, aeth fy wyneb i'n boeth, boeth ac mi faswn i wedi rhoi unrhyw beth am i fom niwclear ddisgyn y foment honno. Rydw i'n benderfynol y bydda i'n denau, denau erbyn y ddrama ac y bydd dillad Cadi'n hongian amdana i fel sach. Wna i ddim bwyta dim am dri diwrnod o leia, ac wedyn mi wna i fyw ar letus.

'Paid â bod yn stiwpid,' meddai Nerys pan soniais i am fy nghynllun. 'Does 'na ddim un dyn yn werth llwgu er ei fwyn o. Mi fasai'n well iti chwarae hoci os wyt ti isio cael siâp arnat ti dy hun.'

Mae'n iawn arni hi, mae hi'n denau bob amser ac oddi ar i Justin roi'r gorau i sgwennu mae hi wedi mynd i edrych fel coes brwsh llawr.

Dydd Mawrth, Tachwedd 9

O! be wna i? Rydw i'n siŵr y bydd rhaid imi fynd i gartre plant amddifad. Gobeithio y bydd 'na rywun clên fel Anti Bet yno i gymryd diddordeb ynof fi a gobeithio na wnân nhw ddim fy stwffio fi efo pwdin reis a semolina a finnau newydd ddechrau colli pwysau. Mae'n gas gen i feddwl am y peth ond mae o'n siŵr o ddigwydd. Mae Mam a Dad wedi cael ffrae go iawn heno.

Mi ddaeth Mam i nôl Tracy a fi o'r wers yn nhŷ Parri bach a phan gyrhaeddon ni'r tŷ roedd Dad yn sefyll ar stepan y drws a thun paent yn ei law. Mae'n rhaid ei fod wedi mynd i'r twll dan grisiau i chwilio am y *punch-bag* roedd Mam wedi'i stwffio yno pan gafodd ei phobol heddwch hi bwyllgor yn y stafell fyw.

'*White with a hint of green!*' meddai Dad ac rôn i'n gwybod ar ei lais o 'i fod o ar fin ffrwydro. 'Yr un lliw yn union â'r sloganau gwirion ar wal y storws — y byncar honedig!' meddai fo wedyn rhag ofn nad oedden ni'n deall y pwynt. Ac yna mi ddechreuodd o weiddi ar Mam ac mi ddaeth Tracy a finnau i'r tŷ i guddio ac i drio peidio â gwrando.

108

Mi aeth y gweiddi ymlaen yn hir, hir a phan dawelodd o mi sleifiais i lawr y grisiau rhag ofn eu bod nhw wedi lladd ei gilydd y tro yma. Roedd Mam yn eistedd yn y stafell fyw yn edrych fel tasai hi wedi bod yn crio ac roedd y tun pacnt ar y bwrdd coffi, ond doedd 'na ddim golwg o Dad. Dydi o byth wedi dod yn ôl ac mae hi'n hwyr, hwyr erbyn hyn. Rydw i'n siŵr ei fod o wedi mynd am byth ac y bydd rhaid inni werthu'r tŷ 'ma. O! be wna i? Mae Tracy'n cysgu ers meitin. Mi fydd popeth yn iawn yn y bore, meddai hi, er ei bod hithau wedi dychryn braidd y tro yma. Efallai y basai'n werth imi ofyn i Jean ga i fynd i fyw ato fo. Mi fasai rhannu tŷ efo Parri bach yn well na mynd i gartre plant.

Dydd Mercher, Tachwedd 10

Roedd Dad yn ei ôl erbyn imi godi'r bore 'ma ond dydi o a Mam prin wedi torri gair efo'i gilydd nac efo ninnau. O! mae bywyd yn ddiflas! Mi wnaeth Jean f'anwybyddu fi ar y coridor heddiw a does neb isio gwybod am fy mhroblemau fi. Mae Nerys yn dal yn flin am ei bod hi wedi digio efo dynion a dydi Tracy'n gwneud dim ond sgwennu 'Tracy a Gareth' a 'Gareth a Tracy' ar ddarnau o bapur.

Dydd Gwener, Tachwedd 12

Mae'r Tracy 'na'n mynd yn wirionach bob dydd. Duw a ŵyr beth wneith hi nesa. Roedd hi wedi gwylltio'n gacwn am fod y Saesnes yn pigo arni hi yn y wers Ymarfer Corff y bore 'ma.

'Fe sorta i hi mâs!' meddai hi rhwng ei dannedd yn y stafell newid ac erbyn amser te roedd hi wedi cael syniad — y syniad mwya dwl gafodd neb erioed.

'Dere 'da fi i beinto tu fâs i'r gampfa,' meddai hi. 'Ma' tun paent dy fam 'nôl yn y cwtsh dan stâr nawr.'

'Na wna i, wir,' meddwn innau'n syth. 'A phaid ti â mynd chwaith. Os sgwenni di iaith y De, mi fydd pawb yn gwybod mai ti sydd wedi bod wrthi!'

Ond roedd hi'n benderfynol o fynd. Yn y diwedd, mi ffoniodd hi Gareth a'i berswadio fo i'w chyfarfod hi wrth giât yr ysgol efo ysgol bren ei dad. Rôn i ar bigau'r drain tra oedd hi allan. Roedd arna i gymaint o ofn iddi hi gael ei dal — fasai fo'n ddim gan Bulldog alw'r heddlu i'w rhoi hi yn y carchar.

Mi ddaeth hi'n ôl ymhen hir a hwyr ac, os oedd hi wedi gwylltio efo'r Saesnes, doedd hynny'n ddim o'i gymharu â'r dymer ddrwg oedd arni hi heno.

'Babi Mam yw'r Gareth 'na,' meddai hi'n ffyrnig. 'Symo fi am weud gair wrtho fe 'to!'

Mae'n debyg eu bod nhw wedi gosod yr ysgol yn erbyn wal y gampfa a bod Tracy wedi dringo i fyny efo tun paent a brwsh tra bod Gareth yn dal y gwaelod. Wnaeth Tracy ddim dechrau sgwennu'n syth — doedd hi ddim yn gwybod beth i'w roi — a thra oedd hi wrthi'n meddwl, mi glywodd hi sŵn car. Y munud nesa, roedd Gareth wedi rhedeg am ei fywyd a'i gadael hi ar ben yr ysgol a golau'r car arni hi. Yn anffodus iawn, Bulldog oedd yno. Mi alwodd hi i lawr ac mi gafodd dafod ofnadwy a rhybudd i beidio â mynd yn agos i'r ysgol nes bod Mam neu Dad wedi ymddiheuro'n bersonol iddo fo ar ei rhan hi. Dydi hi ddim wedi dweud wrthyn nhw eto. Mi fydd rhaid i hynny aros tan y bore, meddai hi. Mae hi wedi cynhyrfu gormod heno am fod Gareth wedi gwneud peth mor dan din.

'Symo fi am ddishgwl ar y jawl byth 'to!' meddai hi a dydw i ddim yn gweld bai arni hi o gwbwl. O! rydw i'n lwcus! Fasai Jean byth yn fy ngadael i i lawr fel'na.

Dydd Sadwrn, Tachwedd 13

Diwrnod digon diflas ond mi allai pethau fod yn waeth. Mi ddeudodd Tracy'r hanes wrth Mam a Dad y bore 'ma ac roedd y ddau'n ddigon blin efo hi er bod Mam yn deall ei phwynt hi am y Saesnes. Mi aeth Dad i weld Bulldog ac mae Tracy am gael dod yn ôl i'r ysgol ddydd Llun ond mi fydd hi allan ar ei phen os gwneith hi rywbeth dwl eto. Dyma'i chyfle ola hi, meddai Mam a Dad. Mae'n amlwg eu bod nhw'n poeni ac mae hynny'n beth da achos roedden nhw'n fwy o ffrindiau heddiw nag y maen nhw wedi bod drwy'r wythnos. Rydw i'n meddwl bod y ffrae ddiwetha 'na drosodd ac rydw i'n meddwl y gwneith Tracy drio callio.

Un peth sy'n saff — wneith hi byth fynd allan efo Gareth eto. Roedden ni'n hanner disgwyl iddo fo ddod yma i ymddiheuro heddiw ond ddaeth o ddim, sy'n profi'r hyn rydw i wedi'i ddwyeud erioed, sef ei fod o'n rêl babi. Diolch i'r drefn bod Tracy wedi gweld trwyddo fo.

Rydw i'n teimlo fy mod i'n lwcus iawn bod Jean mor annwyl ac mor aeddfed. Rydw i wedi cael syniad ffantastig hefyd! Yn y practis drama ddydd Llun mi wna i smalio fy mod i wedi anghofio sut i swsian efo Gareth ac mi fydd rhaid i Jean ddangos imi eto. O! fedra i ddim aros! Mae 'na bedwar deg un o oriau tan hynny. Wn i ddim sut medra i fyw!

Dydd Llun, Tachwedd 15

Does 'na ddim byd yn gweithio'n iawn i mi. Doedd Jean ddim yn y practis heno. Wn i ddim lle'r oedd o ond mi fu'n rhaid imi ddioddef Parri bach yn gafael amdana i ac yn trio fy nghael i i ymlacio efo Gareth. Yr hen sglyfaeth! Roedd blew ei drwyn o bron â disgyn allan ac rôn i'n ddigon balch pan roddodd o'r ffidil yn y to a dweud y basai fo'n ailsgwennu'r olygfa erbyn yr wythnos nesa. Gobeithio bod Jean yn iawn. Dydw i ddim wedi cael sgwrs iawn efo fo ers oesoedd rŵan ac mae gen i hiraeth ofnadwy amdano fo.

Mae pethau'n well o lawer yn y tŷ 'ma. Mae Mam a Dad yn glên ond i neb sôn gair am baent. Mi faswn i'n ddigon hapus tasai Tracy a Nerys dipyn mwy siriol — a tasa pethau'n well rhyngdda i a Jean, wrth gwrs.

Dydd Iau, Tachwedd 18

Does gen i ddim llawer i'w sgwennu heno. Does 'na ddim byd difyr yn digwydd yn fy mywyd i. Mi driais i gael Jean i siarad efo fi heddiw. Mi aeth o heibio ar y coridor amser cinio pan ôn i'n chwilio am le cynnes i guddio rhag imi gael fy ngyrru allan — roedd Nerys a Tracy wedi mynd am dro, a phrun bynnag, mae'r ddwy mor ddiflas â'i gilydd y dyddiau yma. Doedd neb o gwmpas pan welais i Jean yn dod efo pentwr o lyfrau dan ei gesail.

'Dyma fy nghyfle i!' meddwn i wrthyf fy hun ond fedrwn i feddwl am ddim byd gwell i'w ddweud na, 'Mae hi'n oer, 'tydi.'

'Ydi, 'tydi,' meddai yntau. A dyna'r cwbwl. Mi aeth yn ei flaen i'r stafell Ffrangeg ac mi es innau i eistedd wrth y ffenest ar ben y grisiau. Wrth bwyso fy wyneb yn erbyn y gwydr, rôn i'n medru gweld darn bach o ben Jean — mae'r stafell Ffrangeg mewn darn o'r ysgol sy'n ymestyn allan dipyn. Mi eisteddais i am sbel yn meddwl mor ddel roedd ei gefn o ond mi ddaeth Trystan Jones ata i i siarad a ches i ddim cyfle i feddwl am esgus i fynd i drafod rhywbeth mwy difyr na'r tywydd efo Jean.

O! mae bywyd yn boen! Mae 'na ddisgo yn y dre nos Sadwrn ond does gen i ddim cwmni i fynd yno. Mae Tracy a Nerys yn gwrthod dod.

'Mi fasai'n well i chditha arbed dy bres ac aros adre!' meddai Nerys. 'I be ei di i fan'no i redeg ar ôl dynion. Does 'na ddim un ohonyn nhw'n werth ei gael.'

Efallai ei bod hi'n iawn am bawb ond Jean ond mi fasai'n well gen i fynd i ddisgo nag aros gartre'n gwneud dim.

Dydd Gwener, Tachwedd 19

Mi ddigwyddodd rhywbeth od iawn heddiw. Wn i ddim beth i'w feddwl am y peth. Roedd Tracy a finnau'n gwrando ar gasetiau ar ôl swper ac rôn i'n trio fy ngorau glas i'w pherswadio hi i ddod i'r disgo nos fory, ond doedd dim yn tycio ac rôn i bron â rhoi'r ffidil yn y to pan ganodd y ffôn.

'Rhywun i ti,' meddai Dad a sŵn chwerthin yn ei lais. Mae o a Mam yn hapusach o lawer erbyn hyn ac mae'r *punch-bag* wedi cael llonydd ers dyddiau.

Wnes i ddim brysio at y ffôn ac ar y dechrau dôn i ddim yn gwybod pwy oedd yna. Mi sylweddolais ar ôl tipyn mai Trystan Jones oedd o a'i fod o'n gofyn imi fynd efo fo i'r disgo. Sôn am sioc! I feddwl faint rydw i wedi dyheu iddo fo ofyn a rŵan, ac yntau'n gwneud, mi fasai'n well o lawer gen i fod efo rhywun arall. Derbyn wnes i hefyd. Roedd hi'n ddewis o hynny neu aros gartre a dydw i ddim yn teimlo fy mod i'n bod yn anffyddlon i Jean. Rydw i'n gwybod y basai fo isio imi fy mwynhau fy hun gorau medra i. Ac efallai, os clywith o, y bydd o'n genfigennus ac wedyn mi wneith o roi mwy o sylw i mi.

Dydd Sadwrn, Tachwedd 20

Am noson ddiflas! Wn i ddim pam mae pobol yn gwirioni ar fynd allan efo hogiau. Mi faswn i wedi cael llawer mwy o hwyl efo Tracy a Nerys — neu efo Jean, wrth gwrs. Dyn ydi o, nid hogyn, ac mi fasai fo'n gwybod sut i drin merch.

114

Dôn i ddim yn edrych ymlaen rhyw lawer ond mi benderfynais i y dylwn i wneud rhyw fath o ymdrech i'm gwneud fy hun yn ddel ac mi dreuliais y pnawn yn y bath efo stwff gwyn ar fy wyneb a lliain gwlyb am fy mhen. Wn i ddim pam wnes i drafferthu. Mi eisteddais i efo Trystan Jones ar y bws ac mi roddodd dair sws imi rhwng y pentre 'ma a'r dre. Dydw i ddim yn meddwl eu bod nhw'n haeddu'r enw 'snog' — roedd y profiad yn fwy tebyg i sugno hanner tomato meddal — ac wn i ddim pam fod pobol yn gwneud cymaint o ff$\hat{y}$s am y peth. Wedyn, yn y disgo, doedd gen i neb i sgwrsio efo fo gan fod Trystan yn gwneud dim ond yfed a siarad efo criw o hogiau. Bob hyn a hyn, roedd o'n cofio amdana i ac yn rhoi'i fraich am f'ysgwyddau fi, ond y rhan fwya o'r amser fasai waeth imi fod ar fy mhen fy hun ddim. Rôn i'n teimlo'n rêl lemon yn sefyll yn fan'no.

Rydw i'n meddwl fy mod i wedi cael rhyw bump hanner tomato ar y ffordd adre — efo blas cwrw cryf arnyn nhw y tro yma. Ych â fi! Ac i feddwl y baswn i wedi mynd i'r lleuad ac yn ôl er mwyn Trystan Jones ar un adeg! Dydi o'n ddim yng nghysgod Jean a wna i ddim mynd allan efo fo eto, byth. Mi arhosa i'n bur ac yn ffyddlon i Jean nes daw'r amser inni gael bod efo'n gilydd.

Dydd Llun, Tachwedd 22

Wneith yr haul byth godi eto. Y bore 'ma, mi ddaeth Hanna Meri'n ôl i'r ysgol. Roedd hi'n eistedd ar y llwyfan yn edrych mor ffantastig ag erioed ac mi wnaeth

Bulldog araith fer, bwrpasol yn ei chroesawu hi ac yn ei llongyfarch hi a Mr Siôn Williams ar eu dyweddïad. Mi gododd y ddau ar eu traed yn cydio dwylo ac mi waeddodd pawb 'Hwrê!' Pawb ond fi. Rôn i'n teimlo fel tasai rhywun wedi rhoi anferth o gic imi yn fy mol a dydw i'n teimlo ddim gwell rŵan, dros ddeuddeg awr yn ddiweddarach. Mae fy mywyd i'n deilchion. Wna i byth wenu eto, na chwerthin, na chael amser da. Sut medrai fo fy nhwyllo i fel'na? Dydi bywyd ddim yn werth ei fyw. O! pam na wneith rhywun bwyso'r botwm?

Dydd Iau, Tachwedd 25

Rydw i wedi bod yn rhy ddigalon i sgwennu dim. Mae popeth ar ben i mi. Dydi Jean ddim yn fy ngharu i a does 'na ddim pwrpas imi fod yn fyw. Wna i byth, byth, byth syrthio mewn cariad eto. Does 'na ddim pwynt. Dydi pethau byth yn gweithio a does 'na ddim byd ond torcalon i'w gael. Mae Nerys a Tracy'n cytuno efo fi. Mi gafodd Nerys ei siomi gan Justin a Tracy gan Gareth. Rydyn ni'n tair wedi gwneud cytundeb i ymwrthod â dynion am byth. Wnawn ni byth edrych ar yr un ohonyn nhw eto. Mae'n amlwg nad oes 'na'r un dyn i'w drystio.

'Mae isio cau'r cwbwl lot mewn byncar a lluchio'r goriad!' meddai Nerys ac roedd Tracy a finnau'n cytuno bob gair.

O! mae hi'n wythnos ddigalon! Rydw i'n teimlo'n ddiflas, ddiflas, ddiflas. Ac i goroni pob dim mae Dylan wedi ffonio i ddweud ei fod o'n dod â ffrind adre efo fo nos Wener. Mi fydd rhaid imi ddioddef ei weld o a

Rosemary yn edrych i lygaid ei gilydd ac yn chwarae efo traed ei gilydd dan y bwrdd. Mi fyddan nhw'n rhy hunanol i sylweddoli mor greulon ydi f'atgoffa i am fod mewn cariad.

Dydd Gwener, Tachwedd 26

Mi gyrhaeddodd Dylan yn hwyr, fel roedd Tracy a finnau'n gorffen ein paned cyn dod i'r gwely. Mi glywson ni rywun yn dod i mewn y tu ôl iddo fo ac mi suddodd Tracy a finnau'n is yn ein seddau tra bod Mam a Dad yn neidio ar eu traed i groesawu Rosemary. Ond nid hi oedd yno! Hogyn tal efo gwallt du cyrliog ddaeth i mewn i'r gegin. Osian Llwyd ydi'i enw fo ac mae o yn yr un flwyddyn â Dylan yn y coleg. Doedd o ddim yn siarad am lyfrau bob munud chwaith fel y basech chi'n ei ddisgwyl gan hogyn coleg. Mi sylwodd o bod 'na gasét ymlaen gan Tracy — mi fasai'n rhaid iddo fod yn fyddar i beidio â sylwi — ac mi ddechreuodd holi pa grwpiau ydyn ni'n eu lecio a phethau felly. Mae o mewn grŵp yn y coleg, meddai fo, yn chwarae gitâr. Mi fentrais i ofyn, 'Wyt ti'n canu hefyd?' ac rôn i'n teimlo'n reit ddewr a soffistigedig yn dweud 'ti' wrtho fo.

'Ew annwyl, nac ydw,' meddai fo gan godi i nôl y baned roedd Mam newydd ei gwneud. 'Mae gen i lais fel brân!'

Mi arhosais i iddo fo droi'i gefn i estyn y baned ac mi roddais i bwniad hegar i Tracy.

'Hei!' meddwn i wrthi hi, 'mae hwnna'n uffar o bisyn, 'tydi!'

'Odi,' meddai hithau. 'Odi, mae e.'

Mi gawson ni'n dwy'n danfon i'r gwely'n o fuan wedyn ac rydw i am gysgu'n handi er mwyn imi gael codi'n gynnar i olchi fy ngwallt. Mae Osian wedi addo mynd â Tracy a finnau am dro yn ei gar o. Argol! Rydw i'n edrych ymlaen yn ofnadwy. Mi gysga i'r munud yma er mwyn i fory ddod yn gyflym.